逃げ道がいっぱいあるから

八木沢　美樹
Miki Yagisawa

文芸社

目次

第三章　自　立　103

プロローグ

ポストに手を伸ばすと、チラシに紛れて一枚のハガキが目に留まった。往復ハガキだ。何だろうと開いてみた。

あっ、中学の同級会の知らせだ。

会場は熱海《あたみ》温泉。静岡県でなく、福島県の山のほうの温泉地で、近くには猪苗代湖がある。緑に囲まれ、澄んだ空気が気持ち良い所。「ぜひご参加を」の呼び掛けであった。行きたいな……心が、そわそわし出した。

私は、同級会のハガキを握り、その時の様子を想像した。

出席することに、いくらか不安はある。旧友らが受け入れてくれるだろうか。いや、そんなことはいい。

ようやく、みんなに近づけて楽しい輪の中に居る自分を見られたら、どんなにかうれしいことだろう。早く、みんなに会いたいワクワク感が、私の心をいっぱいにする。

だが、しばらくすると、大きな不安がワクワク感を覆った。

日程は、えっ、一泊二日のお泊まり会……うれしい気持ちが一瞬に消えた。日時は十月の連休か。紅葉が目に浮かび、みんなの懐かしい顔が浮かんでは消えた。

行きたいのはやまやまだけど、現実は温泉に泊まるどころではなく、ひどく気分が落ち込んでしまう。

それは、いつもの私の悪い癖が現れたのだ。何をやろうとも裏目に出ると思い込んでしまう癖。何かに邪魔されるかのような人生。

何か事あるごとに、私はこれまでの人生を振り返ってしまうのだ。

第一章　運　命

抑えられた気持ち

私の出生が、場所、家系、環境が、産声と同時に運命付けられてしまったらしい。幸か不幸か、私はこの運命に左右されて生きてきた。

運命とは、自分が選んで生まれてくるのだと、聞いたことがある。今の私は、そのことを理解し、それによって少し救われていると思う。何のために生まれてきたのか。自分に都合の良い道理、宿命、使命と結び付けて、前に進むことを知ると楽になれるような気がする。

私が生まれ育ったのは、福島県のある小さな町で、会津藩の気風を色濃く残す保守的な所だった。

昔から、臨月を迎えた嫁がいる家では、親族や隣近所で、男女どちらが生まれるのかで、大いに盛り上がる風潮があった。男児なら、跡継ぎとして喜ばれ、女児ならがっかりされるのが常だった。私の場合、両親が望んでいたのは、当然ながら男子であった。

私が生まれる間近、父は自信満々で「今度は男の子が生まれるんだ」と、近所中を触れ回った。しかし、大盛り上がりの中、産声を上げたのは、女の私だった。赤ん坊を抱き上げた瞬間、父は絶句した。

以来、父は常に母に言った。

「男の子も産めないのか。跡取りがいないとナ。女ばかり三人姉妹では何もならん」

その言葉は、真面目な母の心に、今でも突き刺さっている。同時に、この時から母の中には、私に対して、心から喜べない感情が生まれてしまったようだ。

それでも家族である。私が生まれてきて喜んだのは、九歳上の長姉と六歳上の次姉、そして祖母だった。

両親は二人の姉に気を取られていたが、私には祖母が側にいた。祖母は、何かと注意をしてくれたり、あやとりなどをして遊んでくれた。

畑に行く時は、私を籠の中に入れて背負う。心地よい揺れに、幼い私はワクワクするとともに、祖母の愛情も感じていた。

この地域は、ほとんどが農家である。近所には親戚も多く、日頃から交流があった。

だが、母は、親戚に対して、男の子でなかった私に、神経質なほど気を遣っていた。

「静かにな、迷惑掛けんじゃねえぞ」

と、叱るように諭し続けていた。

こんな状態だったからか、私の心はだんだん子供心を失くしていき、常に周りを気にするような大人の心が育っていった。親に恥をかかせてはいけない、がっかりさせてはいけないと、常に心にブレーキをかけていた。

私は、静かに控えめに、目立たぬようにすることが母と親戚を守ることを知った。

母と一緒の帰り道、近所の人に会うと、

「いつも静かだね」

と、言葉を掛けられる。

物心がついた私には、それが不思議で首をかしげてしまう。その光景は、静かにしていなければいけないとの、暗黙の命令だと感じた。

親戚や近所の人は、声を掛け、あやしてくれるわけでもない。ほかの子供には、目いっぱいの笑顔で話し掛けている。その子は手をバタバタさせて、無邪気に喜んでいる。私は、心の中で、その悲しい思いに耐えていた。

私は成長とともに、言葉もどんどん増えてきた。だが、口を出そうものなら、

「お前は黙っていろ。静かにしていろよ。笑われるからな」

と、釘を刺されるかのように言われ、私は無表情になる。人前では、何を言ってよいのか、考えもない。ただ静かに、良い子にしている。それでも怒られる。ほかの子のように笑っても許されない。

その理由を知る時があった。

私は、三人姉妹の末っ子。

父母は、周りから、

「また女の子か、駄目だな」と言われてきた。

家の中では、冗談という言葉が通じない。笑えない。

特に母は、私とともに失格とさえ言われた。だから、常に神経質に自らを責めている。

我慢に我慢を重ねる日々で、私にも我慢を強いる。

私が小学校に入学すると、クラスの友達の行動が気になった。なぜ静かにしないのかと。

「みきちゃんは優しいんだね」

常に言われるが、私にはうれしくない言葉に聞こえてくる。「優しい」「静か」は当たり前のことだから。私は教室の隅で、周りの子供たちを不思議そうに見ている。

どんなに騒いでいても、いたずらしても、最後には許されていくことに、疑問を抱くようになる。

だが、私にはさらに、

「黙っていろ。目立つんでねえ」

と、抑えが強くなっていく。勉強どころではない。

二人の姉との年の差も関係していた。

姉たちの時代は、周囲には農家の子が多かった。農作業が忙しい時は、家の手伝いをするようにと、学校は休みになった。

しかし、私の時代は勉学に力を入れ始めていた。私は勉強に興味を持ち始め、懸命に勉強するようになった。当然、成績も上がる。すると、母は、姉を抜く私を、さらに抑えようとしていた。姉より目立っては駄目なのだ。

姉たちの時代は、長男長女が一番であり、あとの子は、おまけ的なところもあった。

東京への憧れ

私は小学三年になり、テレビや雑誌などを見るにつけ、東京への憧れを強く持つようになった。いや、憧れでなく、東京へ行く決心をしていたのだ。

幼心に、福島にいる間は、おとなしく過ごそうと諦めていた。

だが、そんな気持ちにはもう耐えられなかった。たかだか九歳の女の子の私は、そんなに強くない。死にたいとさえ思った。

農薬を飲んだことも、何度もある。病気のせいにしたが、中途半端だった。

手首などに傷はつけなかった。そんなことをしたら、母がかわいそうだから。自殺なんて分からないようにしなければならない。

この苦しい気持ちは、誰にも言えない。

誰かに言ったら、甘えているなんて言われるかもしれない。

本当は、先生に気付いてほしいと思ったことはあった。しかし、母が悲しむだけで、解決などない。

心の中では、誰も傷付けたくなかった。

東京に行けば、それで解決すると信じた。だから一日でも早く、自立したかった。

母に叱られても、叱られても、泣くことはできる。でも、言い訳はできない。

何もかも、私が悪いのだ。このように、加害者意識が芽生えることで、生きられると感じた。

狭い田舎町のことだから、母のいない所で話をしても、すぐに伝わってしまう。

「お前は、何言ったんだべや」

と、問われると答えられない。母は、言い訳は望んでいないだろう。

しかし、案の定、母に伝わってしまった。大したことなど言っていないのに……と、私の感受性は一層強くなる。

私は母に対して、静かに、にこやかに、やさしく、ごまかしてしまう。その振る舞いが一番だと思ったから。

だが、それにも限界がやってきた。

小学校四年の時、学校帰りであった。

（ねえ、それでいいの？）

私の心の奥の方で声がした。

もう一人の私が、話し掛けている。

（私を連れて、憧れの東京へ行こうよ）

もう一人の私が現れてからは、本当の自分と時々会えるのが楽しみになった。

人前で見せる事のできない姿。元気に優雅に歌を歌う。顔を上げて堂々と。（いいな）

と心の奥で思う。今の私にはできないことだ。口を開けば小さな声で話す。それが本当の
私であると、自分に言い聞かせていた。

第二章　旅立ち

上京

中学に入ると、新たな友達もできた。人一倍聞き上手な私。友達に対しては控えめだが、行動には幅が増していく。

（東京に近づけているね。夢にあと一歩！）

もう一人の私が、私を励ましてくれる。

中学三年になり、高校受験を迎えた。

「東京に行くなら、手に職をつけてからにした方がいい」。担任の先生に言われ、高校を受験した。

学校は女子だけの工業高校で郡山《こおりやま》にあった。私はデザイン科デザインコースを専攻した。

この学校での三年間は、私のこれからの人生を支えていく基盤となっていた。

毎日郡山に行けることでも、都会に行く感覚で、見るものすべてが違う。大きな建物、感性豊かな派手な看板、ショーウインドーに並べられた商品、流行の服を装った人々……私の心も刺激を受けた。

学校生活も、デザイン科で学んでいるうちに、感性という言葉に敏感に反応していく。

校長先生自らの授業、校長講話も学んだ。

「為せば成る」と熱く語り、「できないことはない。行動あるのみである」と教示してくれた。「駄目なものは駄目ではない」との力強い言葉を胸に、私は今でも校長先生を尊敬している。そのことは、誰にも言えない。心の中に入れて、大切に保管している。

私の学んだデザインコースは、商業デザインである。社会に出ての心構え、自主自立を目指すことから学んだ。

「東京に行きたいです」

ここから、初めて本当の自分の心が語る。

高校三年の二月であった。クラスのみんなは慌ただしいながらも、進学、就職と決まったことへの安堵の表情が漂っていた。

私は、窓の外に目を向け間断なく降り積もる校庭の雪を見ながら、友達の盛り上がる声に耳を傾け、微笑みを浮かべる。

微かに感じている。未来の希望や不安を抱きながら、三年間学んだ学校生活の想いを。

まだ進路が決められずにいた私は、教室のざわめきを避けるように、静かに廊下に出た。

そのタイミングで、進路担当の森田先生が声を掛けてきた。

「あ、八木沢、ちょうど良かった。進路のことだけど」

（えっ、私？　目に留めてくれていたんだ）

そう思うと、うれしかった。

私は元気に、はっきりとした声が出ていた。

「東京に行きます」

十七歳にして、初めて口に出した私の意志であった。

森田先生は驚いていたが、すぐに笑顔になって、

「そうか、では、ご両親を説得できるか」

「はい」

「絶対就職させるから、心配するなよ」

救いの言葉だ。この心強い言葉に、私は安堵した。就職率一〇〇パーセント近い学校であるだけに、私の進路未決定は先生も不安になっていたのだと思う。

森田先生に、東京行きを伝えた私は、足取り軽く家に帰った。心がソワソワと浮き立っていた。

早く帰って、このことを父に言わないと。不安と喜びでワクワクドキドキしていた。

（東京に行ける。東京に行けるんだ。大丈夫！）

学校から郡山駅までスクールバス。郡山から本数の少ない水郡線に揺れること四十分。泉郷に着く。さらに家まで自転車を走らせる。

だが今日は、足の悪い私を気遣って、義兄（姉の夫）が車で迎えに来てくれ、自宅に向かった。

これまで毎日片道約二時間かけての、身も心も鍛えられた三年間であった。足の悪い私は、体育の時間だけは見学せざるを得なかった。本当に足が悪いのに、仮病だと思っている人もいた。

「体育が嫌だからではないの？」

中学の時からも言われていた。体育の時間はとても辛かった。足が悪いだけでも辛いのに、心が悲鳴を上げる。

「家を継ぐの、姉ちゃんでいいべな。姉妹だがら」

と、義兄から微笑ましく言われる。

「うん」

笑顔で頷くしかない。

家に向かう車の中、私は思った。

足が悪い。男の子でない。それゆえに言われる中傷。その辛い二つから解放されるのだ。是が非でも父を説得しなければ、と。

私が家から出れば、母を傷付けなくても済む。嘘をつかなくて済む。自分も、どうにもならない苦しさから逃れられる。

ただ一つ、みんながこの苦しさから逃れられることがある。それは、長姉だろうと結婚して子供を産むことだ。そうすれば、この家も成長していくだろうと、期待していた私だった。

その姉は、私が小学校六年の春に結婚し、家を継いだ。翌年、待望の男児が生まれた。さらに年子で次男が生まれる。

一時は、明るい家庭になっていくのが分かった。子供たちもスクスク成長し、家じゅう活気があふれ、農業にも精が出て希望に満ちていた。

私が高校二年の冬に、可愛がってくれた祖母が亡くなった。その生まれ変わりのように、次の年の冬に、姉に女児が生まれた。久しぶりに見る赤ん坊だった。女の子らしい、やさしい動きをして可愛かった。

私は、この子の成長を見ることはない。私の心はもはや東京に向かっているのだからと、後ろ髪を引かれる思いを断ち切った。

それから数日間は、東京行きのことで、父と喧嘩した。話し合いではなく、感情のぶつかり合いであった。

「言いたいこと言って、あんたは、すごいね」

姉が少し羨ましがる。

「うん、こんな家、いだくねえんだ（いたくないんだ）」

父は、寂しさと心配の表情を浮かべているのを見せないようにしていた。

私は、東京に行きたい一心で、許されるまで粘っていた。

この私の姿を見て、母はどのように思っていたのだろうか。

片付けもしないでと怒る姉と、毎日のように喧嘩する私にうんざりしていたようだ。姉をかばう母。母に怒られる私。

私はそれに対しても、家を出たい理由の一つだった。私は母に怒られるのが嫌だった。きれいにするのは当たり前と、毎日毎日母に怒られていた。もはや、居候と同じであった。

いつまでも意見が言えない。「私」がないまま、

「一人くらい、遠くへ行ってもいいだぞ。どうせ、家にいても喧嘩ばかりしてんだべ。いなけりゃ清々するべな」

母のひと言。

私の心に突き刺さったが、そのひと言に、父は渋々口を開いた。

「先生、待たせてんだべ。これ以上、待たせては駄目だべ」

私は、心の奥で叫んだ。

（やった！）

心は、うれしさで飛び跳ねていた。

二月末、私は就職試験を受けに、東京に向かった。緊張していて、よく覚えていないが、無事合格して、進路担当の森田先生を安心させた。

その時ばかりは、母はやさしかった。

東京に行く私に、恥をかかせまいと、洋服やヘアなど、きちんと準備を整えてくれた。

出発当日、母も駅まで見送ってくれた。母の手には、封筒が握りしめられていた。

「それ、何？」

母は少し照れながら、

「少し、お金もないと困るべ」

と、封筒を手渡してくれた。

私はうれしかった。何か言おうとした時、列車が入って来た。慌ただしい中で、母に言えなかった。高校の友達も何人か見送りに来ていた。

「体に気を付けてね」

「うん」

私はいそいそと乗り込む。父が東京まで一緒に来てくれた。父の二人の妹が、東京と埼玉にいるため、お世話になるであろうと、挨拶も兼ねての上京であった。

私は、印刷会社に就職した。これまで、本、教科書、パンフレットなど、印刷物に触れてきたものの、印刷会社という呼び名には、田舎では無縁だったし、無知であった。だが、入ってびっくりだった。この私が、一流の印刷会社で働けるとは……森田先生には感謝している。

印刷会社に入り、配属が決まった。私の仕事は現場でのレタッチという作業であった。

東京での暮らし

レタッチとは、画像の色の補正や汚れの除去、合成などの修正や加工を加える作業である。これなら、学校での経験も生かせる。私は覚えの早い人になり、少しばかり優越感に浸った。仕事は面白かった。

自分が手掛けた雑誌、コミック本が書店に並べられている。その頁の一部ではあったが、特別なものを感じていた。

仕事の指導をしてくれる人もとても分かりやすく丁寧に教えてくれたことが、一番の救いであった。

今の私の状況は、学生時代の私には程遠く、おそらく誰も想像がつかなかっただろう。私でさえ気付いていなかったのだから。

毎日が必死。ミスが出ないように、時間との闘いだった。社会人となると、新たな悩みも生じてくる。

それは仕事だけではない。真面目なだけでもいけないのだ。休日の過ごし方も問われた。

周囲の人たちはやさしく親切だった。

東京に早く慣れてほしいとの心遣いからか、休日になると、私を誘ってくれる。頭では理解できているが、私は、世話されるのが、もっとも苦手なのだ。

地方から来た人たちは、東京に馴染み、アカ抜けたレディーになっていく。それは元が良いからだと思うのだが、私には接したことのない、縁遠い大人の女。私には、ファッションや化粧品にお金を掛ける余裕はない。ただ東京に行き、安心して働ければ良かったのだ。

東京に行っても変わらないと誓ってよいくらいに。東京では質素な暮らしで、親に仕送りするのが当たり前と思っていた。化粧するのも、私には慣れなかった。いつまでもこのままの自分でいたいと思っていた。

私は、東京で過ごせるのであれば、何でも良かったのかもしれない。そう、ピーターパン・シンドロームであった。

その時、たまたまテレビで、子供のままでいたいという人の話題を目にした。私ばかりではないのだな。大人になりたくない人……不思議な気持ちを覚えた。

だからと言って、常識がないということではない。質素な暮らしで、貯金ができればいいのだ。

「しっかり者だね」

私を見て、褒めてくれる人もいた。うれしいが、素直に喜んでいいのか分からない。

数か月も経つ頃には、職場の雰囲気が慣れとともに、ザワザワとなってきた。

日常の生活リズムや一人一人の性格、個性が、少しずつ少しずつ姿を変えて大人になっていく。そうなっていくと、これまでになかった嫉妬の世界に足を踏み入れる。

私はじっと我慢しているのに。同僚にはどうして自由に使えるお金があるのかと、心の中に怒りを閉じ込める。

仕事の上でも、徐々に面倒な上級的な仕事も増えている。期限が迫ると残業残業、ない時でも、深夜二時くらいまでかかる。

当時は、キリヌキ、レスポンス等は手作業のため、時間がかかってしまう。

同期の野中さんは、家から通っているからと、定時帰宅で羨ましい。一方で、定時に終わる部署もあることに羨ましささえ感じる。仕事は嫌でないが、心の中では屈折していった。

私の場合、家に仕送りしないと、働いているという証明にならない。そうすることで、母に誇ることができるのだと、心の中で静かに思っていた。

ある日、二歳上の先輩から言われた。

「仕送りするのは良いけれど、あなたが結婚した時は、そのまま続けられると思っているの？　自分の生活もして行かなければならないでしょ。万一、当てにしていたお金が入らない。そうなったら、どうするの？　考えなさい」

私には分からなかった。最後まで言ってもらえたら、と思う。

私が働いて仕送りすると、郷里の両親の喜ぶ顔が浮かぶ。それをいつまでも見ている私の存在。

郷里にいた頃とは違う私。いや変わらないが、東京で働いてお金を得る喜びが大事だった。東京でうまくいかないことがあっても、寂しい気持ちになったとしても……郷里には戻れない。

「やっぱり戻って来たのか。やっぱり東京なんて、お前には無理だったんだべ」

そんな声だけは聞きたくない。負け犬になってしまう。それだけは、言わせまいとの思いは強かった。

万一、私が仕事を辞めて戻ったら、母は、私を病気にするだろう。一歩も外に出さない気がする。いや、もしかしたら、私はその前に原因不明の病気になるだろう。

「恥ずかしい。世間体が悪い」と、母はオロオロするだろう。何もかも姉に事を任せる。それでは，私に何の意味もない。かえって悲しく寂しいもので、再び捨てられたのも同然だ。そうなると、「私」という自分は壊れてしまう。何をするか分からない。だから、泣いても寂しくても東京にいる方が楽だと知っている。

それに東京という街では、会社以外、外を歩いても誰も知らない。東京は人の多さ故、私は安心する。交差点で、知らない人たちが人の流れに身を任せながら、上手に歩いて行く。

困っていると、声をかけてくれる人、道に迷えば、誰かに聞ける。

「道、分かんないんだって、何だっぺな」

なんて、いちいち言わない。相手のミスを拾わない。

東京の道は迷路のようだ。迷うほうが発見もある。交通手段も限りない。私には、格好の場だと思った。だから、どこまでも歩ける。

この頃は若い娘が一人で行動するのは、恥ずかしい時代だった。やはり彼が出来ないと満たされない。

同期で一番人気のあった野中さんは、私にとって救いであった。趣味も、好みも似過ぎていた。ライバル心も抱いていたが、頼もしい存在だった。

東京を案内してくれて、原宿にある『クレヨンハウス』も案内され、刺激を与えられた。フォークバンドNSPのコンサートも懐かしい。ヴォーカルの天野さんの歌声が、素朴で郷里を思い出させる。もういない人なんだと惜しむ。

もう一人の存在、奈央ちゃんという二歳上の女性がいた。これまで出会ったことのない個性豊かなインパクトのある人だった。私のほしい憧れをいっぱい持っていた。一人っ子の彼女は、愛情がタプタプに溢れそうな笑顔が魅力的だった。何不自由なく育ってきたように見えた。その刺激が、私の心の中にもぐり込む。そして、もう一人の私が、少しずつ、少しずつ、ポジティブなほうに引っ張ってくれた。

私の中の、もう一人の私

東京に来ても、私は一人、部屋で過ごすこともあった。もう一人の私が、生き生きと歌を歌う。華やかな人たちと語り合って楽しく過ごしている。

もう一人の私は、伸び伸びしている。私は、いつも下を向いて歩いているのに……。

もう一人の私は、私の埋まらない心を補うように、私の心を安定させてくれた。心の奥の方で微かに、私に笑いかける。

(私たち、いつか逆転しないと…)

その時、ふと言葉が聞こえた。

「誰だって、幸せになる権利はあるのよ」

そうだよね。私は頷いた。

私は、心の開き方が分からないと思い続けていた。分からないでなく、打ち明けられないので、心を閉じていたのだと知った。

でも、誰にも言えない。母の心の痛みが伝わってくるから。

静かな子でいることで、私も身を守る。すべての人たちの平和を守るために。

我慢である。我慢を強いられていると感じる。

しかし、母は常に言う。

「みんな、我慢しているんだ」

休暇で郷里に帰っても、喜んでいるのか、分からない言葉だった。

だから私も、我慢しているつもりでなく、当たり前のことだと理解していた。

その我慢が、上手くいかず、悩んでしまう。他人と比べて、妬んでいた。

そして、また心を閉ざしてしまう。


「あんな子じゃ、祥子ちゃんも不満だったわね」

「分かるわー」

「入ったばかりじゃ、こちらが寮を出るしかないわね」

「シッ、聞こえるわよ」

この寮生活から、東京での生活が始まった。

私は、学校の先輩と同じ部屋でお世話になっていた。先輩は、聡明で色白美人のお嬢様であった。もちろん、お付き合いしている人もいる。だから、寮を出ても困らないだろうと、思っていた。

その先輩とは、同じ部屋でも、顔を合わすのは少しの時間で済んでいた。育ちも価値観も、立ち居振る舞いも違い過ぎる。近寄りがたく、彼女の前では緊張気味になる。

先輩が引っ越すという日に、私は用事を作り、外に出るなんてことは良くないと思ってしまった。

私は、先輩の家族を見て驚いた。見たことのない羨ましい憧れ。テレビドラマの中の家族を見ているような、育ちが良過ぎるのだ。

私は笑顔で挨拶を交わしたが、身体が固まる思いで、理由をつけて奥の部屋へ逃げた。

心の中で、寮を出る先輩と……どう向き合えばいいのか分からず、悩み苦しむ私だった。

襖一枚隔てて、隣の部屋から聞こえる家族の会話。すごく温かくて、私には恥ずかしく思えてしまう。早く過ぎてと祈る。

先輩は整い過ぎた顔立ち。今まで見たことのない、接したことのない大人の女性であった。自信のない私には、苦手な存在だった。

だが、この先輩には感謝していることがある。先輩は月一で、郡山に帰省していた。それを見た私は、（なんだ、帰れるんだ）と知る。


隣の部屋で、最後の食事会をしていた。先輩の実家は引っ越し屋さんで、家族総出で郡山から来たのだった。

片付ける音がする。そろそろ動き出すのかと、襖を開けた。その時、私はどんな顔をして接すればいいのか、笑顔がいいのか、また悩む。事実、何となく追い出す感じで、申し訳ないと思う。

そう思っている時……もう一人の私が囁く。

（一人になったら、もう気兼ねなくイキイキ歌えるね。私らしく生きられるよ）

一方の気弱な私は、（えーっ）と、たじろいだが、ここで頑張らないと罰が当たると、想いを強くした。

だが、二つの想いが葛藤する。

誰にも邪魔されない空間。無になれる。

先輩が引っ越した後、この部屋には自分しかいない。何もかも自分である。部屋が散らかっている。髪の毛が一、二本落ちているのが目につく。自分だと分かってしまう。だから、きれいに掃除をするようになる。掃除が済むと気持ちが良い。快適を知る。

東京での暮らしは悩むこともあるが、郷里にいるより、はるかに楽であった。たぶん、自分で決めて、日々を過ごせるからだろう。時々、姉の子供たちと離れたことが寂しく思われるが。

小学生の成長する姿が身近に見られない。いつも笑っている子たちは、今遠くにいても、私に元気を与えてくれている。年子の男の子と、私が上京の前に生まれた女の子。可愛いだろうな、と想像する。学校の先輩のように、三か月に一度会いに行く。疲れた身体もリフレッシュできる。その時ばかりは、母にお金を手渡すと、大いに歓迎してくれた。

印刷会社に就職できて残業は多いけれど、仕事は楽しい。時間が経つのが早かった。ここでは、駄目駄目呼ばわりされない。

皆を見ると、いろんな地方から出て来ている。だが、この時の私はそれぞれの地方の個性豊かな人たちに圧倒され、静かに、挨拶程度しかできなかった。もちろん自信もなかった。劣等感のすべてを塊にして、心にしまい込み閉ざす。それは、自分を守る術であるからだ。こうすれば、周りの人たちとも平和に過ごせる。

私は、そのことを、物心ついた時に感じた。静かにして、必要最小限の言葉だけ発するようになった。そして、心の闇に触れまいとすることで必死になる。自分らしさを出してはいけないと思うと、苦しくなった。ウワーッと叫びたくなるが、許されない。少しでも抵抗すれば、母のひと言が飛んでくる。

「気がふれたか」

その言葉を聞くのも辛い。

気がふれるという言葉を出すのは、昔、ご先祖様に気がふれた人がいたのだと。

男の子を産まなかった母に、精神障害者が生まれたのかとなると、母の逃げ場がない。自分を隠して母を守る。それが母から自分を守る選択だ。

気がふれたご先祖様は、新潟のお殿様だったと聞いた。その殿様は怠け者だったので、追い出されてしまった。最初は会津に住むのだが、そこでも出されてしまい、転々としていたらしい。

私の郷里には農家が多い。お殿様は芸術家肌だったようだが、農家の人たちには理解されなかったのだと、私は思った。

母は、少しでも私が変わったことを言うと、過敏に反応していたのだと思う。

私は、子供ながら分かっていた。確かに、ご先祖様に近いのは自分だと。

だから、自分の考え、行動を誰にも気付かれまいと隠して過ごしてきた。

成長するにつれて、私の心の中の闇が怒る。何故、自分を出せない？　意思も言えない？　落ちこぼれていくぞ、と。

我慢している心に、母の理解などない。先になってバカにしようとする母がいる。

小三の時、私は、東京に行くことを決めた。それまでは我慢、辛抱さえすればいいと、考えていた。

「おまえも気がふれたのか」

その言葉を聞きたくない。ご先祖様に申し訳ない。芸術家を理解しないだけで、こんなことを言われてしまうのだと、思った。

私も言われたら、母がどんなに辛いだろう。男でなかった私が、さらに気がふれたと言われるとなると、考えただけで切ない。

涙が止まらなくなる。

我慢することが、平和なんだと、自分の心が悩んでいた。

小四の頃、学校の帰り道に、「何してるの」と、どこからともなく声がした。私の中から、頭、心の中からした。

自分を抑制してバランスを取っていた。目立たない、やさしい、静かな出来の悪い子……

（そうでもないでしょ）と言わんばかりに、心の中のもう一人の私が出てきた。

もう一人の私は、目立ちたがり屋で、歌手を目指しているポジティブな女の子だった。

実家を豊かにして、みんなで世界一の家族を目指そうとしている夢見る子。

いつも私が独りぼっちの時に現れて、一人芝居を演じる。誇らしげに、みんなの前で普通に演じている。

誰かがやって来ると、また私の心に戻る。

そして、私も何もなかったかのように自分に戻る。二つの心が自分を抑制し、バランスを取る。

印刷会社で仕事を教えてくれた湯川さんは、同期の野中さんと私の二人を気に掛けてくれていた。湯川さんは、私と同じ福島県出身だったので安心だった。

湯川さんは、野中さんに特別な想いがあるようだった。だから、だんだんと距離を縮めていく。

「映画観に行こうよ。指定席取れたんだ」

私と野中さんは、(どうする？)という顔になり、笑うだけであった。

「おまえたちと、同期の男二人も行くから。他に男性一名、女性二名が来る」

男性四名、女性四名との初めての映画。銀座の映画館での指定席。さすが、東京は違うんだと、私は興奮していた。

映画は『スターウォーズ』だった。東京だなと、背伸びをするかのように。でも慣れない。田舎者の私には、さっぱり理解できず、上映中ウトウトと眠ってしまった。野中さんもコックリコックリしていた。

映画が終わり、外に出る。

「選択ミスってしまった……みたいだな」

湯川さんの洩らした言葉に、みんな笑って事を済ませていた。

それから、数か月後の紅葉の季節だった。このメンバーで、茨城県へ車三台で紅葉狩りに行く。途中、袋田の滝へ立ち寄る。

袋田の滝は、私の郷里を走るローカル線の水郡線泉郷駅から袋田駅まで一時間ちょっとで着く。学生の頃、二回ほど行ったことがあった。何度来ても、滝が好きな私には最高だ。吊り橋も、恐る恐るみんなに付いて渡る。渡り終えた後、私のホッとした顔に、カメラが向けられた。

駐車場のほうに向かうと、鮎の塩焼き、味噌田楽が目に入る。みんなの笑顔が食べ物につられていく。同期四人は喜んでいる様子。私は心の中でホッとする。

袋田の滝から、福島県へと車が走る。私の郷里だ。もう実家の近くまで来ている。

「この道でいいのかな。すごい山道だね」

不安になりながらも走り続ける。

今日、泊まる所を目指すが、迷いに迷いながら辿り着いた旅館が見えてきた。母畑温泉である。

疲れた身体を温泉に浸す。やっと安らいだところで、夕食となる。

夕食の一品にいちじく煮が目に入る。みんな、珍しそうに眺めていた。

「いちじくって煮るの」

誰かのひと言。

「俺も初めてだな」

福島県出身の湯川さんが物珍しく眺めている。いわき辺りでは煮ないのかな。

みんなが驚く中で、

「えっ、煮ないの」

と、私が口を開いた。

「へえー、この辺りって煮るんだ。甘いな」

みんなで笑いながら、食が進んでいく。

「そう言えば、みきちゃんの実家って近いんじゃない。明日、寄って行くか?」

そりゃここから車で三十分くらいで行ける。自慢できる家ではないが、

「いいよ」

私は心の中で恥ずかしがっていた。

「あー、時間がないからダメだな」

みんなで笑って盛り上がっていた。

私は、心の中で安心した。あんな家、見せられやしない。せめて外観が格好良いのなら

……母は常に目立つのが嫌なので、建て替えるなんてしない。周囲に何を言われるかと、気にしているのだ。

「跡取りもいないのに、誰が建てたんだ」

娘に建ててもらったなんて、思われるのが恥ずかしいと思っていた。

だから、毎年収穫が終わり、片付け始める頃、大工さんがやって来て、家の中だけリフォームする。

台所、お風呂、居間ときれいに変わっていくのを見るのは好きだった。

そうだ、作業場の上が物置になっていた場所を、無理を言って私の部屋に改造してもらったのだが。

私が東京に出た今でも部屋はあると思いきや、姉が、

「いつまでもあると思わないで」

と、その部屋を甥が使っていた。

ひと言ぐらいあってもよいのではと、私にとってあの部屋はただの部屋ではなかったのだ。思いっきり、歌える部屋が欲しいと、もう一人の私が作らせたのに。でも、誰にも言えない。

食事を済ませると、佐野さんが、

「温泉入って来ようかな」

温泉から戻ると、再び飲み直す。トランプで盛り上がる。そして、床に就く。

ようやく静かになる。

自然豊かな福島。紅葉がいい感じだと少し楽しかった分、興奮している。

また、実家を思い出す。姉の子供たちをふと思い浮かべて懐かしむ。そのうち私は眠りに落ちていった。

誰かがトイレに起きてザワザワする音に目が覚めた。

帰りは、どの道をドライブして帰ったのか憶えていない。

膝の手術

入社して初めての冬。東京も寒いと知った。郷里にいる頃は、東京は暖かいと聞かされていたので、びっくりするくらい寒かった。

二月にスキーに一緒に行こうと、湯川さんに誘われたが、まだ返事をしていない。

野中さんからも、

「一緒に行こうよ。私一人では行けないよ」

足の悪い私を誘ってくれるなんて、学生時代のことを思い出す。どこにいても足が悪いなんて信じてもらえず、心を開けずにいた。

「一人ではないじゃない。他にいるでしょ」

（私だって行きたい。スキー場も見たい）

「私、行けないよ」

「えーっ、私困る。一緒に行って」

えーっは、私の方だよ。諦めてくれると思ったのに……。

私は、スキー場見たさに、頷いてしまった。

スキーには七名が参加した。いつものメンバーだが、女性の村田さんだけは不参加だった。同じ寮の群馬出身の人で、「かかあ天下と空っ風」とよく言われている、しっかり者ではっきり物を言う人だ。

私には少し強過ぎる人なので、いろいろな話はしていない。少し苦手な人である。心では申し訳なかったと思っていた。

（話さないと、伝わらないんだよね）

もう一人の私が訴えてくる。

また、悩む私。心を閉じている。

スキー当日。上野から特急に乗り、長野県戸隠へ出発。おそばが有名な所だ。

足の悪さも気にせず、一面の銀世界を見てワクワクしている。でも、寒い、冷たい。初めての場所に足を踏み入れる。

野中さんと顔を見合わせて、

「こんな雪見たことないね。やっぱり寒いね」

駅からバスに乗り、スキー場へ。バスを降りると、一層雪深く、宿泊地まで歩かなければならない。

足が右、左へと雪を踏みつけるたびに、足が埋まってしまうので、膝をつきながら、前へ前へと進んで行く。膝の痛みは限界で、悲鳴を上げている。だが、途中で足を止めるわけにもいかない。気持ちだけでも焦る。

ようやく宿舎に着くと、荷物を部屋に置き、スキー場へ飛び出す。

（このリフトに乗るの。どうやって？　板を持っているのに）心の中で怖さが襲い、不安が増大する。

「俺が持つから」

ベテランの佐野さんが声を掛けてくれ、リフトの乗り方も指示してくれた。

スキー板を持ってくれることになって、私の不安は消えた。安心していると、佐野さんの彼女と目が合った。

「スキー初めてでしょ。私は慣れているから一人で大丈夫」

笑顔で話す彼女に、やさしいな、と私は感じていた。

リフトが入って来た。乗り込むが、やはり怖い。湯川さんは、野中さんに付きっ切りでヤキモチが焼けるくらいだ。

だんだん高さが増し。怖さは半端ではない。今度は、リフトから降りることができるか、不安になる。佐野さんが再び指示してくれる。リフトから降りた。

山々の景色に圧倒され、しばらく眺めていたいと思っていた。

「じゃー、いいか。始めよう」

初心者の私たちに、丁寧に滑り方と転び方を、佐野さんと湯川さんが教えてくれた。

怖さを感じながら、滑っては転び、転んでは滑り……、

（雪だるまになって、コロコロ転げていきたい）と心でつぶやく。

足の痛さと膝がどのようになっているのか、気になって仕方なかった。景色は最高なのに……。

野中さんも転び転び近づいて来た。

「もう、足限界だよ。もう無理」

私が弱音を吐く。

「えーっ、こんなに高い所まで来たのだから、私だって滑るのに必死だよ」

野中さんには、私の足の悪さが通じていないようだ。

「滑ることができないから、足が痛いって言ってるんじゃないのよ。これ以上、迷惑をかけられないから」

なんだ、話聞いてない。

野中さんも必死に滑り出しては転んでいた。

「こんなに滑れない人は初めてだな」

私たち二人を見て、湯川さんはイライラしていたようだった。足は歩けないほどではない。私は平静を装うのに必死だった。

ようやく下山し、宿舎に戻った。温泉に浸かり、身体を温める。夕食はビールで乾杯する。

湯川さんが私たち二人を見て、何か言おうとしたが、
「まあいいか。何でもない」と笑う。

私は、お願いだから、これ以上のことは言わないで、と願っていた。

二日目の朝を迎える。私たち同期は、そりを楽しんだ。湯川さんたちベテラン組は、昨日のさらに上のコースへ。下山してくるのを待ちながら、コーヒーで身体を温めていた。

数日後、私は腫れた膝の治療のため、有休をもらって病院へ行った。
（どうせ、膝に水でも溜まっているのだろう）心の中で思う。針を刺して抜くのが痛い。

レントゲン室から戻ると、看護師さんに声をかけ、フィルムの入った封筒を渡す。
「ここで待っていてください」

名前を呼ばれて、診察室へ。椅子に座るより早く医師の言葉があった。
「手術しましょう。早い方がいいな」

病名は、両足膝関節脱臼。

膝にある皿を支えている二本の腱の一本が切れていた。そのために、何かの外圧が加わ

ると骨と骨が当たり、皿が擦れる。変形している皿が少しでも浮くと痛みも感じないので、歩けていたのだ。

「えーっ」

驚きとともに、仮病ではないことが証明される喜びもあった。もう一人の私も、(足、良くなるね)と喜んでいるようだ。

私は、迷わず、

「ハイ、お願いします」

医師も安心したのか、

「じゃ、両方いっぺんにやろう。合計で三時間くらいで終わるから」

病院を出て、さっそく郷里に電話を入れた。もちろん驚いていたが、母の心配は、

「入院でもしたら、働くことはできるのか」

また、お金のことか……どうしてこんなことしか言えないのだろう。

そりゃあ、働けなければ給料ももらえない。生活ができない。役に立たない。

今までだって、両親から電話などない。

「連絡がないのは安心だべ。何もないということだ」

再び、郷里にいた頃の嫌な光景が甦る。本当なら、郷里を捨てるつもりだったのに、姉たちの子供見たさに、ついつい帰省してしまった。

郷里に帰った時に、私はお金を出すので、母からは快く思われていた。そんな時は、少しだけ優越感があった。

それなのに、母のひと言で働けなくなったら……なんて、聞きたくない言葉だった。

足の悪さの証明は、少しだけ喜びが寂しさに勝った。

（今、始まったことではないでしょ。手術するんだから、それでいいんだよ）

もう一人の私が心の奥から投げかけてきた。もう一人の私が出て来て歌を歌う。

（あなたは強いんだね）

感心する私。だから、頼もしいんだと知った。

翌日、会社に行き、課長に報告した。

「いつも遅くまで働いてくれていたからかな」

と心配し、自分を責めていた。

スキーとは言えなかった。心配してくれる人がいるんだと、初めて温かい気持ちを知った。人伝えに伝わる、周りからも心配の声を聞いていた。

心配されたことのない私は、職場を休むことに申し訳ない気持ちだった。

「すみません」

その言葉しか浮かばない。

スキーに一緒に行った人たちに申し訳ない。スキー場なんてなかなか行けないし、体験もできなかったのだから、心の中では良い思い出作りになっていた。

不器用な私は複雑な心境だった。何も言えない。言葉に出してのごめんなさいが言えなかった。ただ、仮病でないことだけ証明できたことを喜んでいた。

学生時代、ずっと苦しい思いをしていた。足の悪さは、自信の持てなかった理由の一つであった。

手術をすれば治る。自信が持てるようになると、強い想いも宿っていた。

そして、入院をする。

それから数日後、手術の朝を迎える。

ドアのノックと同時に、

「おはよう、大丈夫だからね」

と、郷里から両親が、叔母たちに連れられて入って来た。両親は、前日叔母の家に泊まって、手術に間に合うように朝一番に来てくれたのだ。病室は急に賑やかになった。みんなは心配そうな顔を隠すように、少し笑みを浮かべている。

そこに看護師さんが二、三人入って来た。バタバタと出たり入ったりと。人の動きが緊張を誘った。

手術の準備も終わったらしく、ストレッチャーが部屋に入ってきた。

「はい、ストレッチャーに乗れる？　横になってください。では行きましょうか」

父が書いた誓約書を持ち、運ばれて行く私に、叔母たちの声がした。

「頑張るんだよ。足だから……大丈夫だよ」

手術室に入ると、異様な空気と気配。研修生たちがずらりと目に入ってきた。すごい人数だ。一瞬だろうと思ったが、身体中に点滴やら麻酔を打たれる。

「数を数えてください」

スーッと後頭部から重くなる感じで眠りに落ちた。後は手術に入っているのだろう。

私を呼ぶ声がする。うっとうしいなと思いながら、目を開けようとしているがまぶたが重い。

「分かりますか。足の指を動かしてください」

言われていることを理解し、指を動かしてみる。医師も安心したのだろう。何か説明しているようだが、まだ意識が完全ではない。病室を去っていく音。

私もまた、重い頭でウトウト眠る。

麻酔が切れ、ジワリジワリと痛みを感じる。眠りから覚める頃に、叔母たちの声がして、静かに目を開けた。

「分かる？」

小さく頷いたと思う。

「大丈夫だからね。手術終わったんだけれど、大変だったんだよ。七時間もかかったんだよ」

再び、言葉を続ける。

「会社の人が来てくれて時間がかかっているのを心配してたよ。また来ますと言っていた。仕事忙しいのにね。少し前、父ちゃんが会社に電話したの。私たちもそろそろ帰るけど、母ちゃんはここに泊まるから大丈夫だよ」

夕方、五時を過ぎていた。叔母は、

「しばらくは母ちゃんがベッドを借りて泊まるから良かったね。父ちゃんは、一緒に連れて帰るよ」

父も心配そうに、

「また明日来るから」

母は叔母たちに、

「大変だな。世話になって」

叔母たちは父を連れて病室を後にすると、室内は急に静かになった。ようやく母は、椅子に座った。看護師さんが検温に来たり、点滴を交換に来る。

その後、一、二時間過ぎると予想もしない痛みが襲ってきた。刃物で傷つけるような鋭い痛み。お腹なら分かるけど、足の手術の場合もかなり痛むのだと。手術をしたんだから当たり前だろう、と自分に突っ込みを入れる。この鋭い痛みを我慢できるだろうか。

食事もしばらく出ないとの説明も受ける。下の世話も看護師さんがしてくれたが、緊張のあまり上手にいかない。母が教わっていたので安心した。

三日も過ぎると、少し痛みも和らぐ。あとは傷の回復だ。ギプスをしているので、膝の傷が痒くて落ち着かない。

一週間も過ぎると三分がゆ。それでもおいしい。点滴は打たれるままで、不自由な身体である。休日には、会社の人たちが姿を見せてくれる。やさしい言葉をもらったりしてうれしかった。ベッドの上だけだが、足以外は動けるようになる。

母も安心し、家の様子が気に掛かると、「そろそろ帰らないとな。農家の仕事があるから。もういいべ、帰っても」。

この数日間、母とも普通に話せた。周囲の人たちの温かさに触れて、私は少しだけ安堵感で満たされた。

リハビリ

四月になろうとしている。農家にとっては、忙しくなっている頃だ。

数日後、父が姉の二人の子供を連れて、母を迎えに来てくれた。彼らが郷里から来るたびに、二人の叔母の世話になる。

病院に姉の子供たちが来てくれた時は、何よりのお見舞いでうれしかった。

「良くなってね」

二人の甥が口をそろえて照れながら言ってくれた。その夜は、二人の甥を思いながら、うれしさのあまり眠れなかった。

さらに休日になると、職場の仲間、同期の人たちが見舞いに来てくれた。ぬいぐるみをもらうが、先に見舞いに来た人たちのぬいぐるみとかぶってしまった。

私の心の中に、少しずつ、少しずつだが、人の温もりや何かの刺激が与えられていく。それでも私は、まだまだ人の温かさ、やさしさに慣れずに、重く受けてしまう。後で、お返ししなければいけないという懸念があった。

よく母に、お金に関して「後で返せ。後で返すんだど」と、言われて育てられたからだ。でも、お見舞いにもらったぬいぐるみは、今も、側で私を見守ってくれている。私のことを知りつくしている、困った時の〝お守り〟である。

奈央ちゃんが見舞いに来てくれた。自ら描いた絵を届けてくれた。可愛らしい少女がリンゴを手に持っている絵だ。

休みのたびに見舞いに来てくれて、私も待ちわびていた。野中さんと同じくらいウマが合った。気を遣われると困るけれど、会いに来てくれるだけならうれしい。

動けない私を、母はもう一つ心配している。女性特有の生理である。看護師さんに迷惑をかけてはいけないと、毎月その頃になると、田舎から来てくれた。

私は、両足ともギプスで固められていたので、母に手助けしてもらうことで助けられていた。

桜が満開だと、

「東京は早いな。キレイだ……お前も見るか?」と、持参した合わせ鏡で見せてくれた。

やさしい母の姿があった。母にも、心の内にもう一人の母がいるのではないかと感じた。

合わせ鏡に映る桜の花を見て、その場に行きたい。後悔のないようにいっぱい歩いて見るようにしようと誓う私だった。

心の中のもう一人の私も、

(桜を見たら歌いたくなった。あなたは落ち着いているわよ。もう大丈夫ね)

その夜の夢は……、
エレベーターが開くと、亡くなった祖母と祖父が一緒に見舞いに来てくれた。夢かな。

たとえ夢の中であってもうれしい。

そして、二か月が過ぎようとした頃、やっとギプスが外された。先生が、

「少し歩いてみようか」

私は、やっと自由に歩けるとばかりに喜んでいた。

ところが、足が、膝がビクリとも動かない。それどころか固まっている。一瞬にして失望。考えの甘さが自分を責める。

もう一人の私も閉じ込められていて、自由に出て来られずにいる。

(こんな時は歌いたいな)

先生が、私の膝を曲げようとする。

「ギャー痛ーい、痛いです」

こんなふうに膝が曲がらないなんて思わなかった。傷が広がってしまうのではとの心配もある。でも、ただの臆病なだけかもしれない。

「マッサージしましょう。明日から頑張ってやらないと。手術は成功しているんです。あとは自分で歩けるように、痛くても我慢してください」

痛いの何のと、先生が回診に来るのかと思うと怖い、嫌だなという気持ちが増していく。

(あー、回診の時間だよ)

「どうですか。ハイ、曲げてみて、もっともっと、もっと曲がるはずですよ」

「痛い、痛ーい」

涙がポロポロ。

先生は、マッサージの若い先生にも指示をしている。

数日が過ぎ、また回診の時間がやってきた。先生から、

「まあ、あれだけの手術だったからね。気長にやりましょうか」

その言葉に救われた。

本当のところ、膝に炎症反応が出ていた。

数日後の回診では、

「病状によっては、温泉病院に行く人もいます。どうでしょう?」

急に言われて、私が沈黙していると、

「郷里からお母さん来るのも大変でしょう。福島だっけ?　熱海の温泉病院に行く人もいます。そこですと、環境もいい。急がずゆっくり温泉に入り、治しましょうか。今、返事はできないと思うから、家族の方とよく話し合って決めてください」

私は、郷里に電話を入れ、事情を説明した。

「こっちの病院に来るなら助かる。泊まることがないからな。ここからだって、車で二時

間は掛かるけど、その方がいいんだべ」

私は、さっそく先生に申し出て、転院することにした。

会社のほうにも連絡を入れる。会社帰りに、奈央ちゃんと野中さんが来てくれた。

「寂しくなるじゃない」

奈央ちゃんが澄んだ瞳で、寂しさを訴えてくる。

「湯川さんが会社を辞めたの知っているの？」

「うん、ここに来て、辞職願出していたらしい。上の立場になるのは向いていないから、と話していたよ」

奈央ちゃんがいきなり、大声で言う。

「それでいいの？」

「うん、何が？」

「何がって、好きだったんでしょ」

「うん、振られちゃったよ、ここでね。だって、湯川さんは、野中さんのことを好きだったから、いや、奈央ちゃんかな。奈央ちゃんのことも気になっていたらしい。やさしい人なんだよ。見舞いで振るなんて、なんて男なんだと思って……でもかえってスッキリしているの」

と私は笑った。野中さんまでも笑う。

「あー、私の絵、置いといてくれたのね」

と笑った奈央ちゃんだが、すぐに真顔になり、

「また会えるよね。福島までは見舞いに行かないよ」

しばらくして、寮の先輩たちが来てくれた。急に賑やかになる。

（そうか、しばらくみんなに会えないんだ）という寂しさを、私は心に隠す。

「早く治して、戻って来てね。退院したら、またどこかに行こうね」

その言葉は励みになった。戻って来てもいいのだと、安心する。

転院の朝、再び二人の叔母とともに、両親が迎えに来てくれた。

二人の叔母には、度々病院に来てもらっていたが、その頃の私は気軽に話もできなかった。

「食べたいもの、ある？」と聞かれても、本心が言えず重苦しかったのが事実。それがストレスになっていた。いかにも駄目な自分を見せている感じがした。

世話になった二人の叔母とは病室で別れた。

病院を後に、上野駅までタクシーに乗る。タクシーは会社がある東大前を通過した。私は、静かに眺め、そして、上野に着いた。

特急乗り場を目指して、ゆっくり歩く。時間が気になりながらも、初めての松葉杖で身体を支え、両脚をゆっくり前に出して歩を進めている。それでも外の空気に触れるのはうれしい。病院と二人の叔母から逃げるような心境だった。

特急に乗り、郡山へと走る。車窓の景色は、青々とした田園が広がり、遠くの山々が生き生きとしていた。

郡山駅に着いた。

(自然っていいな)

「ゆっくりでいいからな。転んだりしたら、大変だから」

迎えに来てくれた義兄の車に乗り、熱海温泉病院へと向かう。

病院は、郡山駅からでも相当な距離がある。私は安心したのか、車の中で眠っていた。

「着いたよ」の声で、車から降りると、心なしか空気が爽やかだ。柔らかな光が降り注ぎ、木々の葉が辺りを緑色に染めている。

病院に入り、先生と対面、今後の予定を伝えられる。

しばらくすると、夕食の時間となる。

「うわー、これが病院食か」

義兄が感動して叫んだ。

私も、豪華な食事に息を呑んだ。デザートも付いている。旅館で出される食事にも引けを取らない。

「これ、食べれば早く良くなるべな。温泉にも入れてナ」

数日が経ち、転院最初の日曜日、郷里の友達が来てくれた。同じ福島県内といえども、車で三時間もかけて来てくれた。

現在はバイパスが通っていて、信号がないため、かなり短縮されているだろう。来てくれるのは、ありがたく、うれしかった。仮病でないことの証明。

その頃は、もう手術の大変さを知ったので、これからは絶対手術はしない、と心から思った。

健康の大切さを胸に刻む。自由に外を歩きたい……健康が一番と実感した。

もう一人の私が頷くも、微笑みはなく、真剣な表情だった。

温泉病院となると、新たな悩みが私を襲った。重病の人が多いのだ。私の足など、怪我や病気に入らない。

重病の患者さんたちは、遠方から来ていた。家族もそう頻繁には顔を見せに来られない。肢体が不自由な人、事故や病気で立てない人、長期間入院している人といった事情がある。

私のほうでは休日になると、家族、親戚、友人が次々顔を見せてくれる。その光景をずっとベッドの上で横になって見ている人がいた。威圧感を覚えた私。

重症患者さんたちの心の傷のほうが大きい。私の傷など取るに足りない。

病院では、大部屋は嫌だなと、心の中で思うようになった。隣のおばちゃんと、怪我について話していると、

「歩けるだけ、いいでしょ」と言われる。

だから、私も率先して周りの人の身の回りのことや、食後のトレーの片付けなどの手伝いをする。ストレスを感じている時だ。

「何、世話をさせられているの」

と、東京から来た若い患者さん、新潟から来た車椅子の患者さんたち、四人が声をかけてきた。

私は、空いた時間、部屋から出て、積極的に若いグループの中に入っていった。

この楽しい時間が終わると、また部屋に戻るのが嫌になる。渋々戻ると、羨ましさのあまり私に対して嫌みを言う人がいる。

ほかにもベッドに横になっている患者さんには気を遣ってしまう。

（もう少し気を遣えよ）聞こえている。

私を見ると、苦しくなる人もいると悟る。どうしてあげればいいのか、分からないから心が逃げる。

病院に四か月もいると、歩き方も順調になってきた。階段も少しずつ手すりに摑まり、上手に上れるようになった。膝もだいぶ曲げ伸ばしができるようになっている。

順調に歩けるだけ、病院にいるのが辛い。外に出ても、気を付けて歩けば大丈夫だと、決め付けていた。

私よりも、もう一人の私が伸び伸び歌いたがっている。

（あなたも歌いたいのでしょ？　そう言えば、あなたは学生の頃、詩を書いていたよね）

と、心の中の私が言う。

そう、自分専用の部屋を造ってもらったのは、一人になって隠れて詩を書くため。母に見つからないように、自分の心情を書いていた。作文も、日記も本当のことは書けない。夏休みの日記なんて、昨日と同じ。今日も同じ。母は授業参観に来て、展示物にあった私の日記を見た。あの時、母は何て言ったっけ。忘れてるよね。

農作業は忙しいし、手伝いをしても、大人と同じようにしないと、二度手間になると言って怒られた。だから、足も仮病だと思われて、手伝っていますと言っても、母に信じてもらえなかった。まして、どこも連れて行ってもらえなかった。足も同様に、夏休みなんて嫌だったよね。だから、日記なんて書かない。

（詩は、一度だけ褒められたことがあったよね。心の中でうれしさが伝わってきたよ）と、もう一人の私。

思い出したわ、神保町……高校二年の冬のこと。

雑誌に歌のオーディション募集が載っていて、住所を頼りに特急で東京に行った。（その時のお金は、家のお金をネコババしたんだよね。家出と間違われないように、大森の叔母の手紙を制服のポケットに入れてたよね）

大雪だった。特急が黒磯で動かなくなり、車掌さんが心配してくれた。受験生だと思ったんだね。何としても行かないとね。

(当時、私たち金食い虫だったものね。高校でなく中学を出て東京に行きたかったのに)

母は二人の姉に、高校ぐらい出てないと、と私のことを説得させた。本当なら私、農業高校に入りたかったけど、足が悪いので難しいと。手に職をつければ、就職も容易いと勧められた。

母は、顔を合わせるたびに「お金返せよ」って。普通に働いてもお金になるのかな。

実家を新しくしてあげたかった。

(生まれてきたことを認めてもらいたいと、必死だったね)

上野に着いて、山手線で東京駅。そこから足がすくんだ。なかなか一歩が、神保町に向かわない。行き方が分からない。デパートの中をグルグル回り、時間が過ぎていく。家に帰ることも念頭に入れる。

時計を見ると三時。すぐに時間になったよね。タクシーに乗って、住所が書いてあるメモを見せる。ドキドキ感が増していた。

着きましたよ、の言葉に、料金を払い、降りる。マウンテンビル四階が見えたよね。来てしまった。来たからには行かないと。何のためにここまで来たか分からない。時間がない。一気に四階へ。

（一人の人がエレベーターでやって来た。目が合ったんだよね）

雑誌の切れ端を見せて、もう胸がドキドキして止まらなかった。

あー、ここは出版社で場所が違うよ。どこから来たの。今日ではないよ。

これから、どうしよう……。

（その時、叔母の手紙を見せて、ここに行きますと言ったよね。泣きながら、安堵感で涙が止まらなかった）

出版社の人は電話を入れて確認してたよね。恥ずかしくって、叔母の家には行かないって……帰ります。涙も止まっていたかな。

（上野に出るからと言って、一緒に上野に行き、弁当と飲み物と冷凍みかんを買ってくれて特急に乗せてくれたんだよね）

須賀川の駅には、姉夫婦が待ちくたびれていた。何も聞かれなかったし、責められなかった。家に着くと、逃げるように部屋に行き、眠ってしまった。

再び、救いの電話が友達から入った。

遊びの誘い。それでまた、いそいそと出掛けた。昼食も一緒に食べようって言われて安心する。夕方には、そろそろ家に帰らないと、遊びどころではなくなる。不安でドキドキ、どうしよう……何て言われるかな。

家に着くと、姉が待っていた様子。どうしたのか、と問われる。

数日後、母から、

「あんた度胸があるんだな。何だってできっぺ」

その時、気付いた。私には度胸があるんだと。

そうか、神保町のマウンテンビルか。もう一度行ってみたくなった。

復帰

私は、先生に退院を申し出た。

「本当はもう少しここにいて、リハビリを受けたほうがいいのだ。これから本格的に寒くなるから。でも、どうしてもと言うのなら、止めることはできないが」

「……」

先生の言葉に、私の足の状態を分かってくれている気持ちが込められていて、それだけで十分だった。

「それでも駄目かな」

「ハイ」

心が晴れた。

十一月も終わる頃に退院して、二週間を実家で過ごした。その後、私は再び東京へと戻り、会社へ向かう。

職場の中は、かなり変わってしまっていた。知らない顔ぶれも多かった。

九か月間も休んでいたので、仕事に戻れるかが心配だった。私は復帰を急いでしまっていたようで、確かに早すぎた退院だった。

しかし、会社では心温かく迎えてくれた。また、仕事ができるのが何よりもうれしかった。

東京も冬は寒い。雪も降るし、道路も凍りつく。歩く時は慎重に慎重に。

転倒すると、膝に感覚がないので、起き上がるのに一苦労する。休日は、できるだけ身体を休めていたい。

実は誰にも気付かれないように、私は作詞の通信講座を受けていた。寮のポストは共有なので先輩に知られ、怒られてしまった。

「どうして言ってくれないの」

作詞家になりたいなんて、恥ずかしくて言えない。もし、誰かに言えば、

（なれるわけない。やめておきなよ）

学生時代の私なら、

（私なんか、絶対無理だよ）と、諦めるばかりだった。

もし、今、なれるわけないなんて言われたら、実家にいる時と同じになってしまう。

せっかく母から逃れてきたのに……。

私から書くことを取り上げられたら困る。もちろん、書けるなんて思っていない。書く内容は未熟だもの。すぐにスランプに陥ってしまう。


一方、職場の雰囲気は前と少し違ってきた。仕事も多忙になって、何をやっているのか分からないくらいだった。新規や訂正ものが次々に舞い込んで、時間に追われっぱなしだった。深夜残業なんて当たり前である。

私は、仕事だからと割り切っていた。印刷の仕事が好きだったからだ。

そんな折、親友の野中さんが退社するとのこと。これから保母さんになると言っていた。

「これから学校に通うんだね。よく親が許してくれたね」

「えー、だって自分のことだもの。親には関係ないでしょ。迷惑かけるわけではないもの」と笑いながら話す。

自宅から通勤している野中さん。家には一円も入れてないと言っていた。

私も作詞家になりたい。でも、生活がある。そんなことを考えていて気付いたら、神保町に来ていた。

あの時のマウンテンビルがあるかな。

(あっ、あった!)

ここから眺めるだけで、勇気が湧いてくる。母の言葉を思い出した。

「度胸があるんだな。何だってできっぺ」

私に度胸か……度胸があるのだと、受け止める。

佐野さんも辞めてしまう。実家に戻り、お店を開くと言っていた。しかし、会社は佐野さんをなかなか辞めさせなかった。

真面目で仕事が出来、イケメンでもある。彼がいなくなると思うと、心にポッカリと穴が空いた感じだ。

こんな状態の中で、もう一人の私が歌を歌っている。私の心を埋めてくれているのだ。部屋に戻ると一人になれる。本気で作詞家を目指したくなった。初めて会社を辞めようと思う。それには寮を出ないと……。


会社の辞め方も、アパートの探し方も知らなかった。叔母たちに部屋探しのことを話すと、さっそく二人の叔母が来てくれた。

その前に、野中さんと探したのだが、幼く見えてしまったらしい。

「あんたたちだけ？　誰か大人がいないと。保証人も必要だしね」

遠回しに断られてしまったのだ。だが、二人の叔母が一緒だと、不動産業者の対応が違う。もちろん身なりの良い二人である。

保証人にもなってもらい、部屋探しも無事完了する。引っ越しの件を会社に話して、車を借り、往復三回。

「女性だと荷物が多いね」

少ないと思っていても、結構な荷物に驚いた。叔母も来てくれたので、手伝ってくれた会社の人に食事代とガソリン代を払ってもらった。私一人だったら、気付かなかったと、恥ずかしく思う。

奈央ちゃんにも会社を辞めると話していた。「やっぱり辞めるの。駄目だよ……生活は？」

生活のことを言われると弱い。自信がないから、（どうにでもなるよ）とは言えない。言えたら、何も悩まないのだけれど。


復帰から二年目が過ぎた。会社には、私の学校の後輩が入って来ている。天真爛漫な子。初めて出会う性格で、ちょっと無神経な部分もある。彼女の周りには人が集まってくる。上司にもタメ口だが、注意どころか、笑いが絶えない。

それを見ていると、自分が崩れていくようだ。見ないで済むなら見たくない。羨ましいなんて思わない。真似したくもない。

自分には仕事があるでしょ、なんて言えない。私は作詞家になりたいと思っているから。

会社には辞めると伝えていた。だが、強く止められ、何度も話し合いの時間を持った。次の仕事は、何も決まっていない。

工場長は心配してくれた。私の気持ちがふらついているのが、分かっていたのだろう。だが、私の意志は固くなるばかりだった。

そんな朝、会社に電話が入った。

「もしもし、湯川だけど元気？　辞めるって聞いて驚いた。ある人に話聞いてと言われて電話した」

「うん」

私は驚いた。一瞬時間が止まった感じだ。

「もし、良かったら紹介するけど、今働いているところで、一人辞めるんだ。上に紹介することができるんだけど。見学だけでも来ないかな」

生活していかないと、家賃を払わないとならない。私は即答した。

「分かりました。お願いします」

日程を決めて、電話を切った。そこに一人の男性が近づいて来た。

「今の電話、湯川からだろう。ごめん、俺が話してしまった。次の仕事見つかってない感じだったから。郷里に帰る様子ではなかったので、湯川に話したんだよ。おせっかいだったかな」

あまり話したことのない、年配の菅井さんが気遣ってくれたんだ。おせっかいどころか助かった。

「あっ、いや大丈夫です」

相変わらずの私。言葉短めで答えるのが精いっぱいだった。

作詞家になりたいと、心の中では強く思っていた。

通信講座も、プロによる添削指導も完了している。次のステップが分からない。書くことは分かるが、まだ無知であった。書こうにも経験も体験もなく視野も狭い。すぐにスランプに陥る。

とにかく自信がないのだ。今の私は生活する上で、まず働かなければならない。

次の仕事の探し方も分からない。勇気がない。悩みに悩んだ。

湯川さんにお願いすることを選んだ私であった。

新たな体験

浜松町の駅に着いた。なぜかワクワクしている。

湯川さんが迎えてくれた。

（えっ、スーツ着てる。ウソー）

「あっ、私スーツでも着ないと。こんな都会の真ん中で仕事するとは……」

レンガ造りの建物の中を案内されると、どこかで見た顔が現れた。

「やあ」

「えっ、えー」

「そんな驚かなくても」

周りの人たちの視線が集まる。笑顔である。

「佐野さんだよね。何でここにいるの」

「まあ、あとで話すよ。面接頑張ってな、大丈夫だから。リラックスして」

案内された中には、偉い人が二人いた。いろいろと聞かれたあとの最後の質問。

「あの、湯川とはどんな関係というか、付き合っているとかは……」

「いや、ないです」

「あっ、そうか。ただの世話焼きか（笑）。それなら良かった。入っていただいた後に、すぐに辞めますと言われたら、と思ってしまいまして」

一瞬笑いが起こり、リラックスムードになれた。

新会社に入社した私は、湯川さん、佐野さんに迷惑をかけてはならないと、強く思った。どんな人にも笑顔で、少し長めの会話を努力しようと決めた。

湯川さんだけなら、入らなかったと思う。気まずい尾を引きたくない。佐野さんもいるなら。イケメンのお兄さん。湯川さんは人懐こく、愛嬌のある頼もしいお兄さん。

二人のお兄さんに囲まれて、大都会での希望が動き出した。

私たちは、誰もが羨む仲良し三人だった。

あとで知るが、三人とも板橋から通っていた。

職場も楽しく、心から歓迎してくれていると感じていた。

私は知らぬ間に好きなように、出てくる言葉で自然体で話せていた。

こちらも印刷会社だが、書籍物ではない。ポスターや中吊り広告、デパートのチラシなど大きいものが多い。チームに分かれての仕事。女性が少ないので、一チームに女性一名ずつ入る。女性だけのチームを作ったが、問題がありそうで取りやめたそうだ。八班で、一班が四、五名。

社員の住まいも都会が多く、親がアパートやマンション経営をしているようだ。話す内容も、私には興味津々であった。

飲みに行く所は銀座。一次会、二次会、三次会とはしごする。終電に間に合わない時は、誰かの部屋へと分宿し、翌日は一緒に出勤。私には、まるでトレンディードラマを見ているようだった。

飲み会には、私も行くが、湯川さんは全く飲めない。周りの人たちには、私を誘って飲んでいるとは話していない。ましてや、朝帰りなんて言えなかった。

ある日、湯川さんが、私に一人の若い男性を紹介してくれた。彼は時代の先端をいく仕事をしていた人で、話していて楽しかった。山が好きで、上高地や尾瀬などに連れて行ってくれ、行った先々の景色、植物や昆虫の写真をよく撮っていた。その彼は、友人の奈央ちゃんと重なる部分があった。奈央ちゃんは絵を描く。彼も絵を描いていた。二科展に三回入選するほどの腕前で、画家になることを親に勧められたらしい。

付き合っていて、絵の感想や映画の感想を聞かれるのが苦手であったし、自分の意見が言えなかったのが苦しかった。

彼の母親には驚かされた。これまで会ったことのないような女性であった。口八丁手八丁で料理も上手、歌も上手、字もきれい。その上、美人で行動力がある。気風がよく極道の妻を演じたらぴったりな佇まいだ。こんな完璧な母親とは上手くやっていけるか心配であった。でも、一つ一つ、心を込めて話しかけてくれているのは伝わってきたのだが……。

そんなお母さん、デートにもついて来るのだ。母親にしてみれば、監視の意味ではないと言うが、理解しがたい。仲良し親子なんて、見たことも聞いたこともなかった。ただ、どうしてもマザコンのイメージが付いてきてしまうのだ。

このお母さん、毎年おせちを作る。私にレシピのメモを置いて、近くのスナックに行ってしまった。その店で手伝いをしながら、歌も歌う陽気な母親だ。私は、彼と一緒にメモを見ながら下ごしらえする。

（上手くできるか、試されるよ）と、心の中の声。

この頃のお母さんは、私にとっては、常に怖いと見えるだけ。ゆで卵は半熟。その他は塩を入れてゆでればいい。ここにいてお母さんに監視されたら、うまくできなかったと思う。わざと離れて様子を見ているようだった。これもやさしさかなと思っていた。

彼の家に泊まった時にも、お母さんと一緒の部屋。朝、タバコとコーヒーの香りで目を覚ます。

彼とは結婚前提の交際だったので、福島へ挨拶に行ったこともあった。彼は、姉の子供たちに気に入られようと、グローブを買い、キャッチボールをしていた。子供たちに喜ばれて、上機嫌だった彼。

その彼から学ぶものは、いっぱいあった。写真の撮り方、自然界での美しいもの、天候の変化から映画のことまで、この人と付き合わなかったら得られなかっただろう。

彼とは、『スターウォーズ』続編も観た。その頃になると、内容も分かるようになり興味を持てるようになっていた。

私は、彼から学べるものは学ぼうと思った。自分が行きたい所、観たい映画は我慢していた。その結果、彼を超えてしまうことになる。

学べるものがなくなるとつまらなくなる。彼の嫌な部分も目に付いてくる。時間にルーズなところとか、旅行に行っても、彼は高山に登るので、私は一人にされる。

そんな時、湯川さんが映画に誘ってくれた。私にとって、湯川さんは兄的存在、しかも、その映画は私も観たかったので、誘いを受けてしまったのだ。

湯川さんと映画に行ったことを彼に知られた私は、ものすごく怒られた。それはヤキモチ以外の何ものでもないと気付く。キャピキャピの軽いノリのほうが若者らしく楽しく感じられるようになってきた私は、彼とは三年で別れた。

しかし、始めから私は、彼よりもお母さんに影響を受けていたなんて、考えもしなかった。彼の母親は素敵な洗練された女性だ。物怖じしない、カッコイイ、憧れの女性だった。そんな印象だけが、心に刻まれていた。

そんな時、佐野さんも湯川さんにも彼女が出来、二人との距離を感じていた。私のほうは、知られないように、湯川さんに飲みに誘ってもらった。

私はいつしか、仕事に対しても恋愛にしても、不器用ながら少しずつ少しずつ自信を付けていった。手術した足も、孤独に耐えていた。ただ、足が悪いからというので振られたこともあった。

「一緒にスポーツできないでしょ」と。

そんなことはない。結婚しちゃえば、スポーツなんて……と強がっても、スポーツができる女性たちに羨ましさを感じてしまう私であった。ここで、もう一人の私が囁く。（私には仕事がある）と。

仕事にも自信がついた私は、少しずつ、少しずつ嫌な性格が出てしまうようだ。

東京の人は大人過ぎて見えた。ついていくのは大変だが、楽しいから必死についていく。でも、限界であった。心が消化不良を起こしていた。

いわゆる結婚適齢期になり、心が焦ってきた。きっと足が悪いという理由で、恋愛を断られたんじゃない、つまらない私だから振られたんだ、と自分を責める。

この当時、私は吉祥寺から通っていた。中央線の四谷駅付近で雲を眺めている。すると、ポスターで見た北海道の景色が空一面に映るのが見えた。

（えっ、北海道？　行ってみたい。そうすれば郷里に帰らなくともよい）私は心の中で躍っていた。

大都会を見渡すと、ビルばかり。ビルの壁に押しつぶされ、息が苦しい時だった。そうだ、北海道に行こう。私を呼んでいる！　と感じたのだ。

次の日、朝一番で課長に退社を申し出た。その日の昼、友達に、退社して北海道に行くと告げた。当てなどないが、行けると信じていた。

その友達が偶然、北海道の自然に関するボランティアを紹介してくれた。私は、三か月間の希望で行くことにした。

退職を申し出た際、運良く部長に次の仕事を紹介してもらった。神楽坂の小さな印刷会社である。その会社の社長と部長に、北海道の話をすると、楽しんで来いと言われた。

父も、仕事を見つけて行くことに安心していた。文字通り、北海道行きの許しが出たのであった。

そして九月、北海道へ。広大な大地。見事な紅葉。初秋の北海道は美しいが寒かった。もう冬仕度か。動物や鳥、植物、北海道の自然が、私を虜にした。次の仕事が決まっていなければ、ここに住み着いたかもしれない。

北海道の人たちにも親切にしてもらった。数名で、老夫婦の家に招かれ、泊めていただいたり、鍋料理に舌鼓を打ったり……。

三か月間を経て、とりあえず荷物を福島の実家に送った。

当然、母も喜んでくれていると思っていた。近くで小鳥の鳴き声がする。私は、畑で仕事をしていた母に話しかけた。

「あっ、キビタキかな……」

話も終わらないうちに、母はものすごい口調で、

「おめえも、鳥学者になってきたのか。何度も会社を辞めるな。恥ずかしいから」

自然について学びたかったが、たちまち分厚い壁に立ち塞がれてしまう。やはり自分のいる場所がない。

私も適齢期だ。自分の子供だけは、絶対欲しいと思った。子供は、自分が育てられたかったように育てたいと思っていた。

でも、その前に仕事だ。次の新しい仕事。

神楽坂の印刷会社に入社した。

会社は少人数で、女性が多かった。仕事もハード、スピードも要求される。しかし、東京で仕事ができる喜びは大きかった。

ここでも、個性豊かな女性たちと楽しい時間を過ごせた。時々、専務の自宅に女子社員が招かれ、奥さんの手料理を振る舞われる。素敵なお部屋で、美味しいお料理。そして楽しいおしゃべり。奥さんは、一人一人にやさしく接してくれた。

奥さんは占いができるので、みんなは興味津々。身を乗り出して聞く。

いよいよ私の番になった。

「あら、あなた、付き合っている方がいるのね。もう、結婚決まっているの？」

「えっ、いや話だけです。この前会いました」

「長男の相があるのね」

「えっ、何ですか……」

「うん、この方はどこまでいってもやさしいわよ」

やさしいのなら良いのでは、と思う。

「あなた、一生仕事するわよ。どこまでいっても、願い事叶うわよ」

マイナス思考の私には考えられなかった。

ここでも、温かい人たちに恵まれた。それは大いに実感できる。

ようやく青春。上を向いて歩いている。いつもみんなといる。

相変わらず、浜松町の人たちに飲みに誘われる。飲んで別れた後は、祭りの後のように一抹の寂しさを知る。

奈央ちゃんから、作品展の招待状が届いた。友達と展示会を開くから来てください、とのこと。

奈央ちゃんは、私には誇らしい目標とする女性で、追いつきたいと思っている。

だが、まだまだ対応できていない私。もどかしいとさえ思い、焦っていた。

結婚

亡き祖母が言っていた。

「あいつはやさしいからいいぞ」

その言葉が頭から離れずにいた。

前から、その人との縁談の話が出ていた。身内に当たるが、親戚ギリギリの父の従兄弟。

私の二人の姉も苗字が変わっていない。二人とも身内同士の結婚で、早かった。

そんな姉たちを見てきた私は、全然違った生き方をしたいと常に思っていた。

しかし、恋愛して付き合っていくうちに、お互いが育ってきた環境や習慣、親族との付き合い方、食べ物の味付けなどを知る。まして結婚となると、それらを知るだけでなく、少なからず相手の慣習に合わせなくてはならない。

東京にいると、地方から来た人が多いので、情報も多く入る。そうなると同じ地方出身者でないと自信がないと思うようになってしまう。新たに親戚を創るより、離れていても親戚縁者に嫁ぐほうが良いのか。そう思って、私は結婚を決意した。

だが、それは若さゆえの安易な気持ちとは知らずにいた。本家と分家、スレスレの親戚で末っ子同士の結婚。

私は東京に来て、自分で何でもやってきた。郷里に居た頃の駄目駄目な子ではない。むしろ、郷里での嫌なことはすっかり忘れていた。心の中は安定していた。

私から父に電話をした。

「何年か前の話だけど、今でも大丈夫かな。そろそろ年貢の納め時かなと思って。話進めてもいいよ。ババちゃんからも、あいつはやさしいと聞かされていたから」

「いいのか？　よし、分かった」

トントン拍子に事が進んでいった。

私は東京吉祥寺、彼は神奈川県の川崎元住吉。

知り合って三か月後に、彼の会社の社宅に入る。それから三か月後に、郷里で結婚式を挙げることになる。

自分たちで神奈川県で式場を探して、一つ一つクリアしていけば良かったのかとも思う。しかし、郷里の福島は親族が多い。引き出物とか、いろいろな面で、郷里の方に頼らないと始まらないと思ってしまった。

その頃、彼のお母さんから、

「売れ残らなくて良かったな」

と言われた。

その後も、母親同士で何かと話をしている。友達の名前が出た。

「本当は、ミーちゃんのほうと思っていたけど、嫁いじゃったもんな」

その時、私の心の奥である作戦を見出していた。もう、止められない。もう一人の私が、（今からでも遅くないよ。まだ結婚してないから）と、結婚を止めようとしていた。

結婚を諦めていたほうが良かったのか、私は知らない。ただ心は叫んでいた。

（今に見ていて）

私は、幸せになるんだとうれしがっていた。もう一人の私のことを放っておいてしまう。

こうして、私は結婚式を挙げ、新たな生活が始まった。順調に進み、お腹には赤ちゃんがいる。私は、女の子が欲しくて、欲しくて、祈っていた。姉の子供たち、年子の男の子を見てきた私は、どうしても男の子を育てられる自信はなかった。強く、女の子女の子と祈っていた。

でも、生まれてくるのなら、どちらでも歓迎だ。お腹を蹴る元気いっぱいの赤ちゃん、早く会いたいと思った。

日々、いろいろな名前を考える。ベビー服や小物を買いそろえる。家族が増える喜びを噛みしめる私だった。

この気持ちは、今まで味わったことのないワクワク感、幸せ感であり、生きる張り合いでもあった。両親、姉妹、親族、友人から祝福され、心配されていることは、私にとって大きな喜びであった。

私は実家での分娩を希望し、里帰りした。両親始め、姉夫婦、その子供たちが迎えてくれた。

実家に着くと、まず仏壇に手を合わせた。何となく、見守られている気がしている。

夫の実家のお墓参りに行くと、夫の兄とその子供たちもやって来た。男の子三人の仲良し兄弟。

(この子たち、お腹の子と遊んでくれるかな)いつになくお線香の煙が目に沁みた。

我が子の走り回る光景が浮かんできて、笑みが浮かんできた。

夜は、何があるか分からない。急に出血するかもしれない。破水するかもしれない。

姉が隣に、自分の布団を敷いた。

「私もここで寝るわ」

私は少し安心した。

その数日後、私は夜中に出血してしまう。

「何か……出血かも」

私は、姉を起こした。

「どうした？」

姉は急いで、二階の母を起こしに行った。

「病院へ電話するか」

出血は少しだけで止まった。

「病院に行ったほうがいい。お父さん、起こしてくる」

母が、父に車を出してくれるよう頼んだ。

病院で医師の診察を受けた。

「赤ちゃんのほうは大丈夫ですよ。出産はまだですが、入院しましょう」

院内は、赤ちゃんの泣き声がしている。

もうすぐ我が子と会える。男の子、女の子、どちらでもいい。元気に生まれてくれるのなら……。

時々、お腹を蹴るので、声をかけてあげる。どんな赤ちゃんだろう。ワクワクしている。

数日後、明日はバレンタインデーという日、点滅するように、ジワリジワリと痛みがやってきた。数時間過ぎたが、治まる気配はない。不安になり、看護師さんを呼んだ。

「分娩室に行きましょう」

えっ、その時が来るのかと、私は覚悟した。

苦痛にうめき声をあげながら痛みと闘う産婦さんもいる。顔をゆがめて痛みに耐えている産婦さんがいる。私は平常心を保っていた。赤ちゃんには、母体の刺激は良くないと思った。

先生がやって来た。

「ベッドに横になって……あーまだまだ」

もう一度、部屋に戻された。

それからが心細かった。痛みは時間とともに間隔も狭まる。痛みは、さらに激しさを増す。

看護師さんを呼びたい。呼ぶタイミングをどうすれば良いか考える。

深夜三時、看護師さんが来てくれた。

「行きましょう。これからが大変だから。頑張りましょうね」

「えっ、まだまだなの」

「大丈夫ですよ」

看護師さんは笑顔を見せてくれた。

私は、分娩室のベッドに横になった。助産師さんが指示をくれる。

「呼吸しておきましょう。はい、スー、ハー、スー、ハー」

ともに呼吸してくれる。準備が手際よく進められる。看護師さんが、赤ちゃんが無事に出てこられるように導いてくれる。最終段階に入り、先生の声がする。

私は我慢するどころの痛みではなかった。赤ちゃんを出やすくする、皮膚を裂くような痛み。看護師さんに言われるまま…まな板に載ったコイ状態である。

とうとう助産師さんから、

「力を抜いてください」と言われた。

赤ちゃんがスーッと出た感触を覚えた。

「元気な女の子ですよ。良かったですね。頑張りましたね」

私は、感激と安心のあまり、涙涙であった。泣いてはいけない、みっともないと、母の声がしたようで、ビクッと反応した。

本当は、いっぱい涙を流せたら……助産師さん、看護師さんも少し違っていたかもしれない。

いよいよ赤ちゃんとの対面。

小さい！　と心の中でつぶやく。

二三〇〇グラムの女の子。二月十四日のバレンタインデー。寒い時期なので、念のために保育器に入る。ところが、赤ちゃんの泣き声、泣き叫ぶ声がした。

電話で知らせを聞いた両方の母親と姉夫婦が来た。

「大丈夫か。私たちが帰ってすぐ痛み出して良かった。あんたの痛がる姿見なくて済んだからな」

と、母は笑って喜んだ。

談笑しているところに、看護師さんが赤ちゃんを連れてきてくれた。

私は、ドーナツクッションに座り痛みに耐える。産んでからも大変な痛みがあるとは、思ってもみなかった。

「元気で良かった。小さいんだね」

義母からは、

「小さく産んで、大きく育つと言うからな。あっ、息子は電話しても出ないんだ」

「今日は休みだもんな。仕事の時もあるのか」

日曜日ではあるが、夫は三交替勤務のため、休みとは限らない。夫は、夕方に急いで来てくれた。

「バレンタインの贈り物だったのかな。何か、パチンコが出るわ出るわ……おかしいと思ったんだ」

と、一番の笑顔で応えてくれた。

「良かったね」

一言、私が言った。とにかく来てくれたので、みんな安心して、良かったという表情であった。

赤ちゃんは保育器にはその後三日から四日くらいまで入っていたが、あの元気な泣き声は、まぎれもなく我が子であった。

助産師さんが訪ねてきた。

「八木沢さんの赤ちゃんの泣き声の元気の良いこと。どこにいても分かるよ。保育器から出すと泣き止むんだよ。まだ寒いから保育器の方がいいけど、側に連れて来るね。こんなちっちゃいのに分かるんだね。良い顔しているよ。鼻も高いしね」

「ありがとうございます」

うれしい限りである。

それからが大変な日々であった。

ドーナツクッションに座っている私は、赤ちゃんを抱くのも痛くて苦労だし、バランスが悪い。しかし、母は強し。そんなことを言ってはいられない。赤ちゃん優先にすると、次第に座り方にも慣れてきた。

赤ちゃんが見せる笑みは、天使のようで微笑ましかった。小さい手、小さい足を力いっぱい、小さいなりに動かして見せる。

まだ目は見えていないと、母親たちは言っていたが、何かを感じ取ろうとしているのだろう。

話しかけてあげると、声のする方を一生懸命に追う。泣き声だけは、元気良過ぎるくらい、甲高い声で、懸命に母乳に吸い付き、少しずつ喉へ流し込んでいる。

飲み終わると、赤ちゃんの背中をトントンとやさしく叩いてゲップをさせる。たまに戻してしまう。少しではあるが、ガーゼやハンカチを用意しておく。もちろん、おしっこやうんちもする。我が子のうんちは、少しも汚く感じない。

そんな話をしている私は、少しずつ少しずつ母の顔になっていく。当たり前のことだが、しっかりしないといけないという責任の重さを感じる。だが、それも喜びに変わっていく。

ここでも、駄目な母親と、後ろ指を指されないようにしないといけないと、自分に言い聞かせる私がいた。

今度は、我が子が言われるだろう。

（あなたのお母さんは……）

そうならないために頑張るのだ。

退院間近になるにつれ、もう一人の私が何かを感じ取っていた。本当の私が分からない中で、うれしいこといっぱい、夢気分の中にいた。

微かに寝息を立てて眠る我が子、たまに夢でも見ているのか、笑みを見せる。希望がいっぱい広がっている。

二月という季節に、小さく生まれた我が子は保育器に入ったために、目の検査をすることになった。

トントンとノックして看護師さんが入って来た。

「保育器に入り、初日に酸素を与えているので、眼科に午後二時に行きましょう。用意しておいてください」

個人病院なので、近くの眼科に行くため、看護師さんとタクシーで向かった。

異常がないと告げられ、病院に戻ると、退院の日が決まった。

実家では、夫の両親と兄夫婦が待っていた。

「どーれ、見せて。うわーちっちゃい、かわいい。女の子のやさしい顔して」

みんな笑顔で祝福してくれる。その日は、姉たちの家族、夫の兄家族も集まり、大勢で祝ってくれて、本当にうれしかった。

いろいろ考え抜いた末、我が子の名は亜衣《あい》と命名した。私は、ひと月実家で過ごしながら体調を整えていった。

姉たちの手伝いも受け、私は育児も手際よくなっていった。

母は時々、

「川崎に帰ったら、育児は一人でやるんだから、大変だぞ。頑張らないとな」

と、心配しながら、毎日の洗濯を手伝ってくれていた。

子供好きな父も、外孫ながら、

「アイちゃん、アイちゃん」

と、一番あやしてくれていた。

瞬く間に一か月が過ぎた。これから、川崎での家族三人の生活が始まる。

大森の叔母さんも、埼玉の叔母さんも亜衣を見にやって来た。玉川に住む夫の姉もやって来て祝福してくれた。

ただ、社宅での生活は、大変どころではなかった。郷里に居る時は、結婚式や葬式は自宅でできるほどの家屋であったが、社宅は団地の造りで、コンクリートの集合住宅である。音は響くし狭い。

家事をするたび、寝ている我が子が敏感に反応、感受性が強いあまり泣き叫ぶ始末だ。

それも必要以上に。東京タワーに届くくらいの、ありったけの泣き声を披露するので、ついつい外に漏れないように気を遣う毎日であった。だが、育児をするうちに、泣く理由も分かるようになる。泣き方、トーンが一つ一つ違うのだ。

私の生活も育児書を買っては、我が子の成長を楽しむ日々に変わっていった。近くに本屋さんがあったので、家事の合間の息抜きに読みあさった。おかげで育児ノイローゼにならないで済んだ。

赤ちゃんが出来ると、人恋しくなる。しばしば友達に電話をかけるようになっていた。独身の時は、電話は要件だけで済んだ。三十分以上電話で話すなんて、訳が分からないと思っていた。友達の長電話が理解できなかったのに、そんな私が長電話なんて……。もう一人の私が、たまに現れては歌う。でも、思いきり歌えずに、心の中で沈んでいる。

(幸せならいいのよ。今は静かにしているわ)

夫も一生懸命に協力してくれていた。相変わらず三交替勤務なので、早番の時は夕方四時半に帰宅し、車でスーパーで買い物をしてくれるので、私は十分な息抜きができた。この社宅のご主人たちは、みんな子煩悩だった。

こうした暮らしの中で、変化が現れた。二人目が宿ったのだ。私にとっては、うれしいことの連続だった。

何となく母の束縛から、少しずつであるが解き放たれていくような気がした。

第三章　自　立

二人の子の母となる

その頃、友達の奈央ちゃんに何が起きていたのか、私は全く知らないでいた。

これまでは私を除いて、みんな幸せだと思っていた。そんな私が、みんなと同じように普通に家族を創ることができた。普通に幸せを感じ、子供を育てている。それは特別なものではない。私が漸く味わえた感動だ。家族の健康を考え、色とりどりの食卓。日々の家事に手応えを感じていた。

上の子を連れて、近くの病院に行く。母子手帳を見るたびに、励みを感じていた。

上の子は、何か感じ取ったのか、私にべったりで離れない。子供というものは、おとなしくしているはずがない。病院の待合室で、子供が興味を持つ玩具、絵本をバッグから取りだし、周りに迷惑をかけないように気を遣う。

漸く診察の順番が回ってきた。

エコーを見ている先生は、

「八木沢さん、前置胎盤ですね。なるべく安静を心掛けてください」

「えっ」

「あ、前置胎盤は、八木沢さんの場合、胎盤が完全に横になっているんです。その上に赤ちゃんが横になっています。おそらく帝王切開になります。何かのきっかけで縦に動く場合がありますが、ここまで横になっているので、確率は少ないと思ってください」

説明を聞いた私は、大変なことなのだろうとは分かるが、聞いたことがなかった。体調の変化もなく、穏やかに受け止めた。家に戻り、亜衣に昼寝をしてもらいたい私は一緒に横になるのだが、なかなか寝てはくれない。

私が寝かせることを諦めた頃、亜衣はようやく眠り始める。

私は、寝なければ寝ないでいいだろうとの臨機応変な考え方ができなかった。とにかく、亜衣は寝るのが好きではない子であった。昼寝をしなくても、夜もなかなか寝ない。休まらない私は疲れてしまい、亜衣が寝ていることを確認すると、電話で会話ができる人を探していた。

〝黙っていろ〟と育てられた私。余計な話などしたことないのに。

「もしもし私。ミーちゃん、今大丈夫？」

「大丈夫よ。何かあった」

いつもやさしい友の声が心に沁みてくる。

「二人目が出来たよ。でも前置胎盤だって言われて……」

「えっ、前置胎盤なの。私の知人の中に前置胎盤で、大変な思いをした人がいるよ。トイレで出血しちゃって、電話にも出れない状態。出血の多さに驚いて、どうにか救急車を呼んで、病院で手術することになった。今度は麻酔も効かなくて、そのまま切開。あまりの痛さに気絶したんだって。でも、どうにか赤ちゃんも無事に生まれたよ。すごい生命力だって言われたって。話を聞いている私のほうがどうかしちゃいそうだった。まあ、どちらも助かったから良かったけどね。気を付けてよ」

「うん、ありがとう。そうなんだ……」

穏やかを保っていたが、お腹の中を覗けない私には、大変なことと感じる実感などなかった。ただ、また女の子であるようにと、願っていた。

数日後、電話が鳴った。母からだった。

「亜衣は元気にしているんだべ？」

「うん、なかなか寝なくて大変だったけれど」

「お前、ミーちゃんに話したのか。赤ちゃん出来たって」

珍しく母が電話をかけてくれたと思ったのに、そんなことだけ。

「みっともない。恥ずかしいことだが、そんなことも分からないのか。今の人は何でもかんでもしゃべっちゃって。そんなみっともないこと、しゃべるな」

前置胎盤って言われたのに。家にかけても話にならないから、友達にかけたんだよと、心でつぶやいた。腹が立つが分かる相手ではない。何人かの友達にも電話していた。でも、今は普通のことだ。恥ずかしいよりも、めでたいことではないか。

亜衣も外遊びが多くなる。近所にも同じ年頃の子が六、七人いた。

亜衣を除いては、二、三番目の子で、ベテランの親たちだった。

亜衣は二月生まれ、遅れていても当たり前なのに、他の子が出来ると焦り、葛藤する。

そんな折、久しぶりに奈央ちゃんと会うことになった。程よい息抜きになるだろうと、亜衣を連れてバスに乗った。上野で待ち合わせをした。

約束の時間が過ぎる頃に、奈央ちゃんが現れた。その姿に驚いたが、平静を装うしかなかった。

ただ平静に、いつもと変わらないように、動揺を隠すのに、精いっぱいだった。ショックだったのは、目を整形していたことだ。

元々、可愛らしく、羨ましいほどの顔立ちだったのに。ショックのほうが強かった。

整形後は、可愛らしい感じではなく、整い過ぎて個性がなくなってしまっていた。何となく、気楽に話ができる感じではなくなっていた。

奈央ちゃんに対して特別な想いがあった。個性を出して、自分を生きている、輝いていた。私の目標の人であった。地方で育った私にはまだまだ届かない人と感じていたのに。

だが、時間が経つうちに、普通の会話が楽しめるようになり、安心した。

奈央ちゃんは仕事に悩んでいた。彼女はプライドが高く、それは本人も感じていたようだ。年下の人には、今さら聞けないとも話していた。

大人の話に飽き飽きしている亜衣を見て、「しっかりお母さんしちゃっておかしいな。みきちゃんはやさしいね」。

私はどう受け止めたらよいのか、分からなかった。

奈央ちゃんは、どちらかと言えば人を試す癖があった。自由奔放なところが魅力的で、これまで出会ったことのない人である。変わった自分を出せるなんて羨ましい……。

郷里に居た頃では想像もつかないことだ。変わり者は変人扱いされてしまう、と常に母に言われ、（目立つなよ、男の子でないんだからな。姉ちゃんに、世話になるんだから）と止められていた。この言葉は今もなお言われ続けている。

まだ私は、奈央ちゃんのことに、何も気付かないでいた。幸せの中にいたからだ。

ようやく手にした幸せだった。

子供といると楽しい。子育ては一生懸命にやるものだと、常に母に植え付けられていた。だから、一生懸命は少しも苦にならなかった。普通に結婚して、子供も授かった。駄目な私がやるからには、立派な家庭をと、夢見ていた。

定期健診のため、病院に行った。前置胎盤のままである。先生から説明があった。

「順調ですよ。体重も増え掛かっていますので、注意してください。そろそろ早めに里帰りしたほうがいいですよ」

こう言われたのを機に、実家に告げた。

時代は、昭和から平成に変わっていた。お腹の子は平成生まれになるのだ。

連休も終わる五月に、夫に車で実家に送ってもらった。

「疲れなかったかい、アイちゃん」

亜衣は母には懐かなかった。もともと母は、子供が好きではない。どう接するか分からなかった。それに、内孫ではないので、ケガでもさせたら、風邪でも引かせたらと、心配ばかり。思い込みが強いので疲れるのだ。父のほうは子供が好きなので、喜んでボール遊びをしてくれた。

その夜、明け方近くだった。寝ていた私の身体から生温かいものが流れた。指を当ててみると、血であった。隣で寝ていた姉を起こした。ベテランの姉は少し慌てて、別室の母を起こす。

すぐに亜衣を出産した病院へ駆けつけ、診察を受ける。

「設備がないので、近くの総合病院に連絡しました。すぐに救急車も来るので安心してください」

救急車で総合病院へ搬送、診断を受ける。

「まだだね。胎児は臓器なども十分につくられていないので。用心しましょう」

そして、再び入院生活となった。

最初は二人部屋。我が子を見るのを楽しみにし、点滴に縛られ安静にする日々。

私は、亜衣のことが気掛かりであった。母から、

「大変だ。アイが夜騒いで、姉ちゃん寝られない。ドライブしたいって。農家は今忙しいんだ。手、抜けないんだ」

私は言われるままであった。

父が会社の帰り寄ってくれて、着替えを交換していく。食事も所定の場所に配膳してくれた。

亜衣を連れて来たのは、数週間経ち、大部屋に移されてからの後。ようやく我が子を見る。だが、亜衣は放心状態で、私を見ようとしない。姉の服の裾をつかんで放さない。何やら落ち着かない様子で、しきりに帰りたがっている。何よりも、亜衣はとんでもない洋服の組み合わせであった。ただ恥ずかしいが、でも、世話になっているから何も言えない。

亜衣はびっくりしたように、目を見開いている。人の多さ、見たこともない人たち、白いベッド。そして、点滴に繋がれている私を見て、ショック顔である。

「早く帰ろう」

「アイちゃん、ママだよ。分かるよね」

「早く帰ろうよ」

亜衣に、こんなに大変な思いをさせているとは、心が痛い。

私は、姉に尋ねた。

「アイの洋服、あったでしょ」

「あー、だって、段ボール箱、開けていいのか分からなかったから。開けていいの？」

「開けてみてくれない？」

姉は少し機嫌が悪くなったようだった。

「じゃアイちゃん、帰ろう。ママに挨拶して。また来るよって」

亜衣は照れ笑いを浮かべて、姉の服の裾を引っ張っていた。

「早く」

小さい声で、バイバイと、手を振る。私は、その後ろ姿に寂しさを感じた。亜衣に笑顔が消えていたことも、心配であった。

その後、亜衣は姉に連れられて、頻繁に姿を見せてくれるようになった。十分とはいかないが、姿を見せるたびに次第に距離を縮めて手を触れるまでになってきた。

入院して数か月が経った頃、先生から話があった。

「胎児の体重が二五〇〇グラムになった頃、手術しましょう。九月二十日頃を予定しています。その頃だと大丈夫かと願っています。その際、輸血も必要になるかもしれません。現在も貧血があり、薬は飲み続けてもらうのですが、それだけでは少し心配かな」

心配してくれている。頼りは先生だ。

手術の日がきた。私は、早めの昼食を済ませていたが、昼寝前には少しお腹が張ってきた。ウトウトし始めたら、看護師さんの声がした。

「体重量りますよ。少しお腹が張っている感じかな？　横になってください」

横になった時に、温かいものがジワージワーッと流れた。

「何か、流れています」

「あっ、出血ね。大丈夫ですよ」

今日は土曜日、病院は午前中のみだ。なんとタイミングの悪いことだろう。

「帝王切開の準備は出来ていますが、誓約書を書いてもらわないと。それまで手術を待ちましょう」

しばらくして実家に連絡がつき、こちらに向かっているという知らせがあった。間もなく看護師さんたちが慌ただしくストレッチャーを運んできた。

「もう待つことができないから、始めるって」、一人の看護師さんが伝えにきた。

その時、母と義母が駆けつけてきた。急遽、誓約書にサインしてもらい、オペ室へ急ぐ。

麻酔は、最初部分麻酔して赤ちゃんを取り出し、その後全身麻酔に変えるとのことだ。

しかし、部分麻酔が効かないらしい。私は、お腹の赤ちゃんに刺激を与えてはいけないと、平静を装っていた。

「部分麻酔が効かないですね。では全身麻酔に変えるので、数を数えてください」

「はい、一、二、三……」

「八木沢さん、八木沢さん」呼ぶ声がした。

私は、目を覚ましたものの、ぼうっとしている。無事手術が終わったと気付き、安心する。

「大丈夫ですよ。少し早かったですが、一九〇〇グラムの女の子でしたよ」

この病院では、極力母乳を与えるようにしているが、どうしても出ないと、母乳の出し方を教えてくれる。

私の場合は、特別なお産と小さい赤ちゃんのため、看護室のほうで、面倒を見てくれた。だが、私はそれどころではなかった。お腹の傷の痛みも辛いが、それ以上に、頻繁に痰がからむが、喉に入っている管が邪魔して呑み込めない状態のほうがよほど苦しかった。

たまりかねてナースコールを押す。何事にも我慢強かった私だが、だんだん甘えを覚えたのか、管を取ってくれるように頼んだ。

しかし、夜中には、激しい傷の痛みが襲ってきた。しばらくは我慢していたが、どうしても耐えられなかった。足の手術も、盲腸の手術も受けている私だが、お腹の手術はまた別であった。メスを使って腹部を裂く。まるで切腹だ。その痛みは我慢の限界を越えている。

看護師さんを呼び、鎮痛剤をもらって、一時落ち着いた。だが、しばらくすると、またもや痛みが襲ってきたのだ。

今までは、どんな時でも我慢することを強いられて育てられていた私には、甘えは許されなかった。だが、今はどうしたことか、我慢できない私が、またナースコールを押している。

「痛みが……」

「あれー、さっきも薬飲まなかった？　こんなに我慢できない人いないけど。じゃ、これでね。しばらくは上げられないので、辛抱してくださいね」と、もう一服、鎮痛剤をくれた。

私は、看護師さんに言われたことがショックであったが、少しでも痛みを和らげたいだけに、薬をもらったことが有り難かった。

我慢我慢で育った私は、学校でも先生から、

（我慢しなさい。静かにしなさい。やさしい人になりなさい）と教えられてきた。

でも、そんなことは当たり前なことと、納得の上で守っていた。守っていたとしても、両親には怒られ続けられた。社会人になって、私の中では理由の分からない苦境に陥った。その苦境が何なのか考えた。何のため、何が与えられるのか、やがて悩むことが習慣になる。いつの間にか、悩まずにはいられなくなる。

一方で、社会人になってからは、逆のことを言われていた。

「どうして、そんなに我慢しているの」

私は心の中で反論する。

（我慢するものでしょ）

「何故、言い返さないの？」

(わがままになるでしょ)

私にとって我慢は、普通のことだから……。

いつも我慢している人が、少しでも発言すると陰で言われてしまう。

(わがままだって、みんなが判断しているのに、あの態度は何?)

私は分かってしまう。だから、言えないのではない。言わないのである。平和でいるために。

痛みが我慢できなくて、看護師さんに言われたこと「こんなに我慢できない人はいない」の言葉が、駄目人間の私に戻された感じがして嫌な気分になった。だから、もう言いたくない。我慢していれば良かったと、頭が働いてしまう。

そんな状況の私は、精神的、肉体的疲労でウトウトしているうちに、朝になっていた。

姉夫婦が笑顔でやって来た。救われる思いがした。間もなく看護師さんが我が子を抱えて入ってきた。

「わー、ちっちゃい」

「大丈夫だべな。育つだべな」

笑って義兄が口にした。姉も、私も正直な感想だと思った。

数日後、大部屋に移された。川崎から、夫も度々来てくれた。亜衣も大部屋にも慣れて、笑顔で話してくれるまでになっていた。

亜衣にとって、赤ちゃんという未知との遭遇に、目を丸くして固まっていた。赤ちゃんは、私の腕の中で小さな身体でスヤスヤと眠っている。パパの手を掴みながら……。私にとって、辛い我慢が酬いられた幸福のひと時であった。

その頃、実家では寝付きの悪い亜衣に困り果てていたようだ。姉の娘が面倒を見てくれていた。この子は、私が東京に行く前に生まれた姪っ子で、もう中学生になっていた。家庭の内情に興味を持ち、実家の中でも、発言力が大きかった。

何か起こっているとは分かっていても、私は里帰りして分娩を望んでしまったのだ。娘だから、妹だからと、気楽に考え、甘えとなってしまった。

今回の里帰りも上の子の時と同じである。農家では、今が農繁期であり、まして、上の子もいる。夫の実家も近く、向こうにとっては内孫だ。夫の実家も農家で、農地で精を出して出荷物を積んでいるのが目に入ってくる。

母はそんな状況を見てしまうと、怒りを覚えるのだろう。面と向かって言えない性格のため、そのイライラを家に持ち帰る。亜衣に落ち度がないことは知っている。病院にいる私は、亜衣が寝なくて困っていると聞いていた。母や姉たちに大変お世話になっていると分かっていたが、病院の中ではどうすることもできなかった。日を追うごとに、母の言葉に強さが入ってきた。

「我慢するしかねえ。何言われてもな」

何を我慢我慢と……今までだって、我慢してきたのに。周りを見ても、そこまで我慢している人なんていない。

母の我慢我慢、「人を見たら泥棒と思え」も正しいと思うこともある。我慢していれば、いつか良いことがあると言っていた母。

「ほら、見ろ。あの人、罰が当たったんだべ」

私も、その言葉に頷いて育ってきた。

今さら変えられないくらい、罰が当たるとか、人を見たら泥棒と思えは、身体全体に沁み込んでいた。

「真面目にやっているのが、一番いいのだからな」。そのことも、私は頷いて育ってきた。実家の近くには親戚が多い。農家であるため、みんな助け合って精を出す。やること、成すことは同じなので、疑問にはならない。ただ親戚が多いので、迷惑をかけないようにと強く言われていた。今もそのことは変わらない。

遠い昔、一族の中に変わり者がいて、常に白眼視されていた。その人がもうこの世にいない今でも言い続けられている。その人は芸術家肌で、女性には人気があったのだろうと思う。しかし、農家では、芸術家は理解されない。

母は、私がその人に一番近いものを持っていると思って、私の言動を一つ一つチェックする。

「おまえも変わり者にされるぞ」

女である私は、絶対目立つことをしてはならない。夫の母も、口にする。

これでは、何も言えないし、何もできない。少しでも何か話して笑わせても、すぐに両親に伝わるのだ。

「おまえ、何を言ったんだ」と、母が血相を変えてやって来る。

芸術家は、人と違う発想を持つから変わり者と言われるのだろう。母に言わせれば、音楽家、画家は、一風変わった人種なのだ。これまで、身内を助けるなんてことはなく、身内をバカにしてきた母。結婚が決まった時の言葉を思い出してしまう。

「売れ残らなくて良かったな」

困難な帝王切開と、赤ちゃんも小さいこともあり、一か月ほどの入院であった。

赤ちゃんは、結衣《ゆい》と名付けた。ようやく退院にこぎつけた。

実家に着くと、育児休暇を取った夫が迎えてくれた。亜衣は、布団に寝ている結衣を覗き込み不思議そうにしている。

義兄夫婦と子供たちが赤ちゃんを見に来た。

「うわー、小さい」

義母はあわてて言う。

「言わないの。小さく産んで、大きく育てるんだよ」

本当に小さいのだからしょうがない。私は気にならなかった。それよりも帰って来られた喜びの方が大きかった。だが、そんな喜びも崩れかけていることなど、私は知らないでいた。

夫は亜衣を連れて、自分の実家とを行き来して一週間を過ごす。この時までは何も変わらず、私たちはうれしさに満ち足りていた。

夫が川崎に帰る時が来た。亜衣は少し寂しい顔をしていたが、後追いはしない。小さな手で、軽く手を振っていた。みんな笑顔で別れた。

その夜、母が一言言った。

「子供はもう二人にしておくんだな」

私は、その言葉に驚いた。

この日を境に、少しずつ少しずつ変わっていく……。姉の子供たちも成長するにしたがって変わっていった。

私は、度々の里帰りを、実の姉ということで甘えていたわけではない。産後の身体を休めていたのだが、母たちには通用していないのだと気付いた。

そこで、私は実家で世話になるために気付かない振りをした。心の中の私も、隠し通すことができた。

中学生になった姪たちは、常に母と姉の会話を聞いていた。母が陰で、里帰り出産で療養している私にジワリジワリと嫌みを言う。姉も加わり、ジワリジワリ。そして、可愛い姪たちも加わり、ジワリジワリジワリ。

「何を言われても我慢。お世話になっているんだから。アイちゃんがなかなか寝ないで起きているので、電気代かかっているんじゃないの。洗濯も……」

私は、川崎に帰れば一人で見なければならない。身体を休められるのは今だ、それには我慢だと心に隠すが、限界が来て、つい文句を言ってしまう。少しずつ少しずつ、言葉が抑えきれなくなって口が出てきてしまうのだ。

「お金のことでしょ。アイが深夜まで起きているから、電気代かかったんでしょ。アイを世話して仕事にならなかった分のお世話賃。私のために積んでいた保険金の支払い手続き。入院中、病院であそこの土地どうするのって、いきなり言われても応えられないでしょ」

まさか、病院でいきなり土地のことを言うなんて……。きちんとした場を設けて話してくれると、期待をしていた。でも、一向に言ってこない。これ以上、土地の話をしてはいけないと思った。

姉はいい。自分の両親と暮らして、子供たちも見てもらえる。親に、お金も出してもらえる。洗濯も母にやってもらえる。

「洗濯を頼むのだって大変なんだよ。しやすいように、きちんと出せって言うんだよ」

と姉は言う。私は、心の中で反発した。

自分で洗濯しない姉に言われたくない。母に言われるのなら、まだ素直に聞けるが。

土曜日になると、今度は中学生の姪が小遣いを要求してくる。世話になっているので、仕方ないが、これでは教育に悪いと思い、母に告げた。

「仕方ないよ。おまえは世話になっているんだ。黙ってお金渡すしかないべ」

渡すのはいい。亜衣も世話になっているのだから。でも、世話の仕方に共感していいものか、悩むので母に言ったのだ。

口を出した私に、母が追い打ちをかける。私の心は限界……東京の叔母に電話を入れる。

「川崎に戻ったら、あんたが一人でやらなくちゃいけないんだよ。実の母と姉なんだから、甘えたらいいのよ」

「うん、そうする」

もう、これ以上は言えないと思った。

この後、夫に電話を入れた。

「お願い、迎えに来て。大変なのよ。もう限界」

「急には休みが取れないなあ」

だが、夫は一週間後に迎えに来てくれた。

姉は亜衣に、「おばば、おばば」と懐かれていたので寂しそうだった。

訳の分からない父は、まだいるのだとばかり思っていたようだ。

「もう帰るんか?」

「うん、世話になっちゃったもの」

私は、少し言葉を濁すように、詰まらせるように答えた。気付いてほしかったのだ。

私は、車に荷物を積み、仏壇に手を合わせて、そそくさと車に乗った。何だか気持ちがホッとしたのであった。

決　心

正月や夏休みになると、私は子供を連れて郷里に帰る。

「どこかで食べてくればいいのに」

少しずつ母の言動も強くなる。私を当てにできないと思っているのだろう。父は、そうっとお金を渡してくれた。

川崎にいると、いろいろな家族を目にする。みんな郷里を持っている。郷里からの荷物が届くと、お裾分けしたり、頂いたりする。それと共に料理のレシピを教えていただく。献立の一品がテーブルに載るとうれしくなる。

「身体にもいいのよ。おいしいね」

こんな幸せな生活が続いていた。

他人の贈り物の中に、子供がうれしがるお菓子などが入っていた。私の実家と夫の実家から送られてくるものは、全て地産の野菜であった。他の家とは違うという自負が、一つ二つと増えてくる。

亜衣も幼稚園に行くようになり、社宅の付き合いばかりではなく、地域との関わりも増えていた。亜衣が幼稚園に行っている間、結衣を連れて上野に出掛けるようになる。

そんな矢先、奈央ちゃんは、うつと言ってよいのか、家から出られない日が続いていた。

「体調の良い日に、電話するね」

こんな私だから、奈央ちゃんの話を聞いてあげても、物足りないのではないかと思っていた。まだまだ奈央ちゃんと対等に付き合えることなんてできないと思ってしまっていた。

奈央ちゃんから、電話が入った。

「子宮筋腫になっちゃった。入院して手術するよ。退院したら会おうね」

私は、頑張っての言葉を出してしまった。他に言葉が浮かばなかったのだ。私は少し自分を責めていた。

子供を連れてのお見舞いなんて迷惑と思い、見送ってしまう。

私は私で、東京で根付いて東京人になっていたものと思っていた。ところが、夫の兄と、私の姉が、親代わりのように口を挟んでくるようになった。それに加えて、東京の叔母たちも、子育てはもちろん、お歳暮・お中元、お返しなどに口を出すのである。そして、いちいち実家にまで電話をする。

叔母は、私を思ってのことだろうが、

「田舎の土地はもらうのよ！」と口を挟む。

子供の服も、私の好みではない、動き回りやすく、汚れの目立たない服を買ってくれた。感謝すると同時に私は何も知らない親と見られているようにも感じられた。

実家に行った時のこと、夫の兄も子供たちの成長を見て、喜ばしいと言ったかと思うと、

「親がバカなんだから、子供に一生懸命になってもな」

実家に行くたび、何か一言言われるようになる。そのたびに、心の中で闘う私……。

（売れ残らなくて良かったな）

毎日、子供が昼寝している間、もう一人の私は生き生きとして歌を歌っている。私と対照的な彼女は、私の中で支えている。そのうちに、声が頭の方で鳴る。

（何やってんの。そんなことしていて満足なの？　早く私になっちゃいなさい）

そんなことできないと、今までなら、そう思ったこともあった。でも、今の私は違う。

ここで私は気付いた。そうだ、私は変わっていいんだ。変わらなかったら、東京に来て成長させてくれた人たちに申し訳ないではないか。（東京に行って変わった）なんて言われても、平気だと思うようになっていた。

その頃、川崎では一家族、また一家族と社宅を引っ越していった。子供たちが小学校に入ってしまうと転校が難しくなる。その前に家を建てて、という考えなのだ。

そういう家族は、親が一緒に暮らしていなくても、協力しているように見える。私も夫も末っ子。同じ郷里であり、本家と分家である。兄姉が家を出て、どちらも農地がある。どちらかが「家でも建てるか」の声を上げるかと期待していた。子供たちは、その田舎で伸び伸びと暮らすことを私は想像していた。

そんな折、福島でも空港が出来るという話を聞いた。それも夫の実家の近くに出来るらしい。夫の兄が言った。

「空港が出来るが土地は手放さない。お金が入ると、どうしても兄弟でもめるという話を聞く。俺たちはいつまでも仲良くやりたいから、土地はやらないからな」

私は、土地など望まない。だが、夫は土地がもらえると、本気で思っていた。以前から、「この土地はお前にやるから」と母親に言われていたらしい。だが兄のひと言で、それは無に帰した。

このような空気の中で、夫婦の間にも少しずつ少しずつ、私の一方的な考えが独り歩きをし始める。

今なら、まだ間に合う。私の人生をやり直せる、すべて捨てられる前に。

やはり家となると、福島でなら、どんな家でも我慢しようと思っていた。

（でも我慢して、いいことあったの？　わがまま言って、自分らしく生きていいんだよ）

もう一人の私が囁く。

我慢に我慢を重ねて、いいことなんかなかった。自分らしく生きたい。いや生きよう。

おかしくなったと思われてもいい。自分らしくが一番だ。自分が幸せにならないと、子供たちを幸せにできない。

　私は、夫と別れることを考えた。そして、少しずつ、おしゃれも遠慮なくするようになる。一人でコツコツお金を貯めることがバカらしくなり始めてきた。ジワリジワリ、お金を使う楽しさ、そんな自分を、誰かに見てほしいとさえ思った。そう、太陽が自分のために回り始める。

　そんなある日、奈央ちゃんから電話が入る。

「会って、話がしたいの」

「いいよ。私も待っていたんだもの」

「どうしたの。何だか生き生きしてるね。声が弾んでいるよ」

「えっ、そう？」

　私は、こんな弾むような日々を迎えられるなんて、初めてだった。こんな私でも、思い通りにやれるんだと、感じていた。今は、上を向いて歩いている。

「あなたはどこまで行っても願い事が叶うよ」と言われたことを思い出した。

　姉から電話が来た。父が甥を連れて、東京に行く。世話になるからよろしくとのことだった。

久しぶりに、姉の子供たちに会える。彼らの成長は、私の張り合いにもなっている。郷里から少し遠のいている私であるが、彼らはまだ私の存在を感じてくれている。私にとっても、彼らは大切な存在であった。

父も、離れて暮らす末っ子の私を不憫に思っているのだろう。

父は、自分の妹二人も遠く離れて暮らし、弟を病で亡くしている。

父は十代で家業の農家を継いだ。それまでは、商人だったそうで、そのせいか腰の低い、面倒見のよいおじいちゃんだ。

「昔、お父さんには、会社が不況の時、従業員とも世話になったんだよ」と聞いて納得したことがあった。

父は十八で、一つ年上の母と結婚した。父と母は、頑固なまでに自分の意志を貫き通して、家を守り、自分を守ってきた。

男の子を授かることができなかった父は、私に、男の子のように接することがあった。女の子らしくありたかった私には理解できず、ただ厳しいだけの父だと思っていた。ただ、大声をあげて叱られたが、決して手をあげるということはしなかった。今、考えると、父のように厳しく叱ってくれる人がいたから良かったと、みんなが口をそろえて言っていた。

私にとって父は、理想の父親像であったのだと、後々分かるようになった。

結衣は、姉の亜衣と同等のように一緒のことをしたがる。背伸びするかのように、気持ちだけが逸《はや》って顔から転んでしまう。小さいので軽く、ジャンプするように転ぶ。常に額にはコブをつくり、みんなを心配させている。

亜衣は、感受性が強く、性格もはっきりしている。自我を持って生まれてきたような子で、育てていく上で大変でもあった。

この娘たちは、私に大きな夢を与えてくれた。

男の子でない私は、親に反抗などできず、静かに下を向いて、ただ良い子でいる我慢我慢だけの自分だった。だが娘たちは、時に私に反抗する。

親に反抗できる子を見て羨ましいと同時に、普通に成長しているな、と安心した。私ができなかったことを、子供とともに、私も育てられる。子供という分身を通して、自分を育てているのだ。だから、子育ては誰にも邪魔されたくないのだ。

もう我慢しない

八月旧盆の日、三泊四日で父が東京にやって来た。私は、中の一日は、前からの約束で、奈央ちゃんと会うことになっていた。私は、どうしても、その日に奈央ちゃんと会いたい。

父は叔母たちに頼み、子供たちは夫に頼み、待ち合わせの場所に急いだ。

少し遅れて来た奈央ちゃんを見て、私は愕然とした。前回もかなりの変貌ぶりで驚いたが、この時の彼女は、元気だった頃の面影がなかった。存在すら薄い。あり得ない姿で、お互い近寄る。

私は、顔に出さないように笑顔でかわした。

「みきちゃん、久しぶりだね。どうしたの？」

「えっ」

私は言葉に詰まった。動揺が伝わったのかもしれない。

「映画の主人公、私の若い時にそっくりだよ」

映画を観た後も影が薄い。心ここに在らずだ。私は気になるばかり。その気持ちを察知されたのかもしれない。

私たちはコーヒーを飲みながら、ゆっくり話をしたかった。思いつめたように奈央ちゃんが言った。

「私、女でなくなったよ。結婚できないかもしれない」

当時はまだ、長く独身でいるのは恥ずかしいという風潮だった。

「みきちゃんはいいわね。今生き生きしているもの。これからは私も頑張って働かないとね」

私たちは店を出た。駅の改札で別れた後、私は振り向いて、奈央ちゃんの姿を探した。彼女の顔は笑顔もなく、小さく手を振って雑踏の中に埋もれていった。

何となく後味の悪い別れとなった。私は心の中に一つ、後悔を落としていた。


その夜は、甥たちが家にやって来て、久しぶりの再会であった。娘たちもすぐに慣れ、テーブルを囲んで賑やかな夕食となった。夜も深まり、ようやくみんなは落ち着き、静かにテレビを観ている。甥っ子たちを見ている私、この子たちの将来が楽しみだった。

ただ私は、昼間の奈央ちゃんの様子が心配だった。電話しようにも、夜遅いので迷惑になる。少し日にちが経ったらかけよう。そう決めると、私は眠りに落ちていった。

翌日は、厳しい暑さだった。甥っ子たちを連れて東京見物のつもりだったが、外は歩ける状態ではなく、映画を観ることにした。

「何、観たい?」

「あっ、みきおばちゃん、田舎で話すのと違う。何か気取ってねえ?」

「訛ってねえな。東京だとそういう言葉で話すのがぁ?」

と、甥っ子たち。私は、笑ってごまかした。

「ここは東京だからね」と、少し訛りながら、標準語で話を続けた。

甥っ子たちと過ごした一瞬、赤ちゃんの時から成長を見てきた、高校生になった彼らの姿に、私はあの頃の自分を重ねていた。

私の父母は十代で結婚し、母は早くに姉を産んだ。姉と私は九歳の差があったが、母親的な役が多かった。母は、姉に任せていた。八木沢家は、すべて姉が中心的存在で成り立っていた。だから、この子たちが社会人になったら、八木沢家はどんなふうに変わるのか楽しみでもあった。

甥と父が福島に帰る日、私は送りがてら、上野で父とゆっくり話すことができた。

「元気なんだべ。孫たちが世話になったな。俺も大森で世話になった」

私たちは話しながら、公園内のレストランに入る。お腹も満腹となり、満足した時間をともに楽しんだ。私は、上野の新幹線乗り場まで父たちを見送る。

（何か、寂しくなるな）心の中で、騒ぐ声がした。

次の日からいつもの生活に戻る。日々奮闘の中で、子供たちは成長とともに、知恵がつき、反抗の毎日だった。
私にとっては、反抗期は、普通に成長できている証拠。むしろ、羨ましいとさえ思っている。反抗がなく、おりこうさんなんて喜ばしいものではないことを、私は知っている。まさに、今の私が一番知っているのだ。欲しいものも、欲しいと言えない。我慢することが美学と教えられたなら良い。男の子でないことで我慢する。我慢していれば、やがて良いことがあるだろう。（良いことなど何もなかったが）
良いことがあったとすれば、もう一人の私がなりたい私になり、生き生きと歌っていることだ。

結婚したら家を持ち、それもどちらも同じ福島の農家の次男坊と三女の末っ子同士。土地の話は、病院の中でしっかり聞いた。

私たち夫婦も、子供を育てるには郷里でと思っていた。土地のことは、話のみになってしまった。

農家を続けるには、土地を少しでも残しておいた方がいい。これから何が起こるか分からない。両親の存在は次第に薄くなり、今まで以上におまけ的な存在になってしまうかもしれない。でも、(今なら間に合うよ)もう一人の私が言う。

今の私は、生き生きと、太陽が自分のために輝いているかのように、思い通りに生きている。自信も身について居心地がいい。

今の私の存在を、誰にも潰されまいと気持ちを強くする。

東京に来て、どれだけの涙を流し、耐えてきたことだろう。ただ負け犬だと言われないように頑張ってきた。東京という大都会に必死に食らいついてきた。

私は幸いにも、人に恵まれ助けられ、導かれてきた。

(そっちに行っては駄目よ。あなたはこっちよ)導いてくれる人と必ず出会えていた。

子供たちが居間でテレビを見ている。この子たちは私の分身。だから私が育てられたかったように育てると、自分で折り合いをつける。ピアノを習いたかった私は、子供にピアノを習わせる。絵が上手《うま》ければ良かったのにと、絵を習わせたり、夢を抱いて大人になる姿を想像して育てていこう。

友の死

子供たちを少しでも外で遊ばせようと準備しているところに、ちょうど電話が鳴った。

「もしもし、私」

「あっ、奈央ちゃん、なかなか電話できなくてごめんネ」

「いいの。私たち友達だよね」

（何言ってんだろう。友達というより、奈央ちゃんは私の目標の人）そう、心で呟いていたら、間が空いてしまった。

「何言ってんの、友達だよ」

少し遅れて言ったが、奈央ちゃんには届かなかった。

「……ありがとう。お子さん大事にね」

「えっ、もしもし」

電話は切れた。


この二週間後、その日は、妙にイライラしていた。子供が言うことを聞かなかったための怒りなのか、胸騒ぎだったのか……。

子供たちも雨ばかり続いていて、外で遊べずにいた。ストレスがたまっているのだと、理解していた。

電話が鳴っていた。

「もしもし、ピーちゃんが、ピーちゃんが……」

奈央ちゃんのお母さんからだった。

お母さんは、〝ピーちゃん、ピーちゃん〟って小鳥の名前？　確かピーちゃんって言っていた。

あっ、違う、ピーちゃんではない！　身体がゾワーッと凍りついた。

「奈央ちゃんが死んじゃったの。飛び降りちゃったの」

お母さんは泣き崩れている。

「えっー、奈央ちゃんが、どうして？　この前会った時、元気になったので外に出るようになって良かったと、思っていたのに……」

後に続く言葉など見つからなかった。かえってお母さんを苦しめたかもしれない。

「ごめんね、みきちゃん」

奈央ちゃんのお母さんが言葉を詰まらせる。

その後、私は湯川さんに電話で告げた。再び、湯川さんから電話が入った。

「お母さんと話したよ。一人娘だったから、かなりショックだよな。葬儀の日取りなど、俺に連絡が来るように話してある。谷中のお寺さんでお墓もそこにあるんだって。落ち込まないようにと言っても、ショックだろうけど……また、連絡するよ」

私は、いつでも行けるように心に言い聞かせていた。

私は、この状況を受け入れてはいない。親が死んでも、ここまで悲しい思いをしないかもしれない。そう思える人を亡くしてしまったのだ。

それから三か月後、叔父さんが亡くなったが、もはや悲しいと思えなくなってしまった私がいた。冷静さ以上の冷ややかさである。

それ以後、どんなことが起きようとも驚かなくなってもいた。

一方で、それからの私は初めて（私は生きたい）と強く思っていた。

（ごめんネ、奈央ちゃん。私は生きたい！）


目標を失った私に、一筋の光が見えた。

宅配便のお兄さん……光って見えた。さらに行動が行動を生んでいた。どんな人だか知らない。名前すら分からない。でも、お兄さんを見かけるだけで元気になる。だから、一目でも見たいと思うだけで、明日を繋いだ。

私の深く閉じた心を開くのは、こういう少しヤンキーな人でないと、分かってもらえないんだと思う。

私が我慢を強いられて育ってきたため、自分では大人ぶっていただけだと知らされた。心の中は、ぐちゃぐちゃで自分の思いのままにいかない。私は我慢している分、自分にも他人にも厳しくなり過ぎていた。今までは、それが当たり前と感じていた。他人の甘い行動が許せなかった。でも、しっかりしていると、好いてくれる人もいた。

私の生い立ちから、友達の死……などを一つ一つ手紙に認《したた》めて、そのお兄さんに渡し、生命を繋いでいた。

彼は、会うと挨拶を交わしてくれた。それだけで十分だった。彼という存在を失いたくなかったのだ。

離婚するまでの間は、事なきに終わらせようと、冷静さを保っていた。少しずつ少しずつ離婚にもっていこうとしている状況を、実家の両親に伝えていた。

だが、母は、

「我慢しろ。みんな我慢してるんだ」

相変わらずの言葉にうんざりした。

実家に帰省しても、母は前よりも「我慢」を口にするようになっていた。

離婚の話を口にする私に、

「あー面倒くさいな。今、姉ちゃんに代わるからな」と、姉に頼む。母は逃げ隠れる。

そそくさと逃げ隠れる。

だからと言って、私は親に反抗などしなかった。グレたり、悪いことをしたら、寂しくなる。母親から捨てられる。姉が出てくる。独り舞台のように……

私だって、子供を両親に見てもらいたかったが、子育ても自分たちでやらなくてはならない。姉の場合は、父母も見ているではないか。度々、母に電話するが、話は変わらなかった。

同級会のハガキ

中学の同級会のハガキが届いた。熱海温泉の一泊のお泊まり会である。私は、大いに迷った。不安もあった。これまでだったら、欠席していただろう。

だが、今回は出席したいという願いを強くしていた。生き生きして自分らしく生きている私を、もう一人の私が後押ししていた。何と言われてもいい。今までの自分と決別したかった。

本当の私を見てほしい。あの頃の同級生たちの中心にいることができる私であったらと。いや、もう一人の私は、心の中で生きていたその私が、今の私であるのだから……私は変わっていないんだ。入れ替わっただけなんだ。これまでの私は、心の中に隠れている。悪いことなどしていないのに。おかしい。不安になる。

必死で、宅配便のお兄さんに「大丈夫」と言ってほしくて手紙を書く。

よく会うねと思いたい余りに意識的に起こした行動なのか、それとも必然的なのか。会うと、会わせてもらえたという思い込みで、お兄さんに手紙を読んでもらう。

結衣も幼稚園の年長さんになった。

（そろそろ離婚へのカウントダウンだね）

母に初めての反抗をする。離婚のことをはっきりさせたい。

「みんな我慢してやってるんだよ。自分ばかり自由にしていいな。北海道に行ったりしたべ。姉ちゃんにも世話かけんだぞ」

何で姉ちゃんが出てくるのだ。

「そんなに何度も何度も、私を捨てなくても」

「何なんだ。ほーら見ろ、おかしくなったか」

「だったら、東京に見に来ればいい。男の子でないからって、捨てることないじゃない」

三十前後の反抗は凄まじい。もう郷里に帰れない。帰っていたら……刺すかもしれないと思った。

この日を境に、母は、東京に来ることもなければ、電話に出ることもなかった。父も電話に出ず、連絡は姉だけになった。

そうなることは分かっていた。逃げと隠れ、不良にもなれない家なのだ。

姉は姉で、私から親を切り離したまま。

二人の姉は年が近いが、私とは年が離れている。お互い助け合って、素直に育っていける。姉たちの時代周りの環境は農業一色と言っていい。協力し合って生きていた。

私たちの時代になると、兼業農家に変わっていた。実家の前に大きな会社が建っている。以前は、その土の下にリンゴ畑とモモ畑、雑木林があり、いくらかの農作物も収穫されていた。

父は農地を売り、そこの会社の守衛として頑張った。その時から、兼業農家となった。母はいつまでも農家の仕事に精を出して、男子を産まなかった劣等感を紛らしていた。

初めての同級会の日、みんな声をかけてくれた。受付を済ますと番号札を渡された。テーブルの上に番号があった。同じ番号のところに座るようだ。みんなガヤガヤしている。

「何番？　何番？」

先に来ていた人たちは、自分の隣に誰が座るのかと、ワクワク、ドキドキして声をかける。

「あっ、ここだね」

彼と目が合った。私は、うれしいと思った瞬間、昔のことを思い出した。

そうだ、ボスというニックネームの彼とは誕生日が一緒だった。双子だったら、どんなに良かったかと考えていた中学時代。ボスは誰にでも優しかった。頭も良いし、女子には人気があった。きっと家族にも優しいんだろう、と勝手に想像していた。

今日は何てラッキーなのだろう。

自分らしく生き始めた私は、自然とみんなの輪の中に入っていけた。このことが一番の私の存在の在り処。輪に入れる喜びは大きかった。懐かしい顔ぶれが続々と集まってくるが、ネームプレートを付けていないと分からないくらい、変わってしまった人もいる。

お互い談笑しているが、誰だか思い浮かばず、話すうちに思い出し、盛り上がる。

私も話に加わり、幸せな時間を過ごすことができた。

私にとって、学生時代は静かにしていること。地味な子でいること。目立つことを恐れていた暗い少女時代。

結婚して分かったこと。生まれ育った環境、おとなしいと決めつけられてしまった私。明るく振る舞うことはできなかった。何かを話そうとするも言葉を呑み込んでしまう。呑み込んだ言葉は、心の中に流れ落ちていく。もう一人の私が、その言葉、行動に埋もれながら、母が言う我慢我慢と闘う。

母から、良いこと、悪いこと、目立つこと、何でも叱られる。いちいち叱られるから、自分で判断ができない。愚かさだけが目立つ。

だが、母も一生懸命に生きている。誰かに救いを求めたい。それが母に伝わる。

「男の子を産まなかったからな」

この言葉に、責められたと思い込んでしまう。母の顔が浮かぶ。

(それはきれい事ではない)

もう一人の私は、本当のことは心の中にあると言う。

そうだね、一番怖いのは、私を遠ざけてしまうこと。まだ駄目な子のほうが実家に帰れる。

子供を産み、自分たちで育てる。風邪を引いても寝込めない。もしも、私が寝込んだら家中大変な事態に陥るだろう。出したものはそのまま、ゴミがたまっても、汚れがついても、誰も助けてくれない。

　母親であるなら、子供を育てることは、当たり前のことと頭の中にある。子供たちと知恵比べをしながら葛藤を続ける。ともに成長できる実感。大変だ、困ったと言っていたことが消えていく。そして、親を超えた私が生まれる。「私」という気持ちを持ち始めている。自信である。自信を持って進むと、みんなが受け入れてくれる。後押しがより増す。同級会の中、自信を取り戻した私がいる。もう一人の私が、遠くのほうで微笑んでいる。（良かったね）と祝福してくれている。

　会も終盤となり、近況報告をすることになった。私の番になる。特に、気の利いた言葉までは用意していなかったが、ありのままを語った。

　最初は、静かに聞いてくれた。次第にざわめき始め、会場の人たちは心配そうに耳を傾けてくれた。そして最後には、微笑んで拍手してくれた。忘れられない一日となった。

　私の気持ちの中は、離婚も一年を切っていた。結衣の幼稚園卒業を待っている。相変わらず、宅配便のお兄さんには心を開ける。前に進めていくための原動力である。

　着々と離婚に向け、準備を進める。子供たちの学校のこと、住まいのこと、そして仕事のこと……も。

下の姉から電話が入った。母が頼んだのに違いない。もう、自分で決めて進みたい。誰にも邪魔されたくない。

どうせ、私には親などいないのだ。姉たちは、親の代わりにはならない。

「離婚なんか考えないで。みんな我慢しているんだよ。留まることはできないの？」

また我慢……こっちへ来て話を聞くなんてこともない。私は怒りをぶつけた。

「私は、あんたと違うの。田舎に帰ったって、両親に話をするわけではない。あんたら夫婦に話すだけよ。田舎の人たち、一度だって、こっちのこと聞いてくれない。わがままと言われてもいい。言われると思ったから、ここまで我慢してきた。

今変わらないと、ずっと同じ。子供たちも大きくなるしね。叔母ちゃんや義兄さんたち、関わりは指示しても、自分らは逃げてしまう。私でいられないのは、もう嫌なの」

姉も言葉に詰まった。これ以上のことは言えないと、寂しく電話が切れた。

数か月後、夫との離婚協議が行われた。結果、夫は一人、報告をしに彼の実家へ行った。

再　生

私の新しい人生。

心の中の、もう一人の私が現れ、堂々と生きていこうとしている。

子供たちの学校を決めるため、アパートを探す。不動産屋で物件を相談する。

「その前に、働き場所を探してほしいんだけど、大丈夫かな」

都心に出たいのだけど、この子たちのことを考えると、父親と切り離すことまではしたくない。この子たちにも逃げ道を与えておきたい、と考えた。やはり住居は、父親の近くとなる。

東京には出たかったので、住居は大井町辺りが妥当と考えた。

奈央ちゃんも（遠くに行かないで）と、言っている気がした。

私は神田にある印刷会社に就職し、子供たちの学校も決まった。

世はまさにバブル経済の時代で、年々給料は上がっていった。だが、職場の中では、マナーと仕事そのものに対しての姿勢を一つ一つ注意され、改めて仕事の厳しさを再認識する。

キャリアウーマンが闊歩するこの時代、私は専業主婦として子育て真っ最中だった。子供には個性を大切に育てていた。引っ越しに伴う環境の変化はなかなか大きかった。子供たちには、川崎のほうが良かったかもしれない。

実家に対しては、私が一人で頑張ってやっているのだからと、頑張る張り合いになってくれたら、と願っていた。

家のこと、学校のこと、そして仕事と頑張ってきた。子供たちにとっては、不備なことのほうが多かったかもしれない。

実際に一人親になると、外野からの無理解な噂が飛び込んでくる。それらを躱《かわ》しながら、生活のやりくり、将来への蓄えを模索する日々である。

そんな中で、携帯電話やパソコンが導入され、世の中はＩＴ化されていった。これは思ってもみない誤算であった。携帯電話は、まだパケット代がない頃、子供たちに携帯を持たせてしまった私が悪かった。

無理に周囲に合わせて持たせたわけではないが、場所によっては公衆電話が外された所もある。子供の学年が上がるごとに、活動範囲も広がる。まして、物騒な世の中になり、子供の居場所の把握が必要になってきた。

私がシングルでも懸命にやっていることを、一番に母に認めてもらいたかった。しかし、私が頑張れば頑張るほど、郷里との歯車が狂い出していた。

夏休みや冬休み、長い休みになると、子供たちは実家に世話になっていた。これは特別なことではないと、甘えていた。実家にいるのは実姉なので、気楽に考えていた。

両親も孫に会いに東京に出てくることはないので、こちらから見せるという意味で、実家に世話になる。子供のために、新しいことを知ってもらい、絆も深まるだろうし、将来的にも楽しみだと思っていたのだが、それが大きく違ってきた。

悲しく、寂しく、虚しさだけが強まる。孤独さが増していく。私が動けば動くほど、母を苦しめていた。

(自分ばかり、自由でいいな)

今の私は、子供を育てるのに一生懸命なだけ。実家に甘えて、お世話になっていることは分かっている。でも、今はどうすることもできない。あとで、みんなで力を合わせて、世界一の家族を夢見て育てている。しかし、今は母には届かない。分かってもらうには、今は何もない。

何度も激しい衝動に襲われた。

阿武隈川の中流に、乙字ヶ滝という滝がある。私は赤い橋の上に車を止める。悩んで悩んで高まる殺意。実家の裏に行き、放火してやりたいくらいの衝動。

分かっている。自分が静かにしていれば、平和が保てる。自分が目立てば、平和が崩れる。

（頑張ったって駄目なんだ）とは母の言葉。

母に認めてもらうことは困難と知った。

それは母のほうが深手を負っているからだ。

男子を産めなかった自分への否定的な感情を背負い込み続ける。それが頑張っているかのように誰にも受け止めてもらえない母がいる。

九十歳を目前に、農家を守り続ける父がいる。それを支える姉夫婦。誰も見えていない。

私は、彼らに疎外感を感じても、折り合いのつけられない寂しい心と裏腹の幸せを感じ、前に進んで行こうとする。だが、そんなやり場のない孤独感が、私を強い精神の持ち主へと変えようとしていた。

エピローグ

リビングの電話が鳴った。

中学時代のクラスメートのボスからだった。

「みきか？　この前の熱海での同級会、楽しかったな。近いうちにまたやろうと思ってる。それで、最初におまえに電話した。でも、何で東京なんかに行ったんだ？」

「東京は逃げ道がいっぱいあるから……」

私はとっさに口走ってしまった。でも、うれしかった。最初に、私にかけてくれたこと。ボスは、クラスの憧れの存在だった。今では刑事さんである。ようやく保護されたと思った。

（……良かったな）

小さく生まれた結衣は、成人式を迎えた。

福島のおじいちゃん、おばあちゃんに晴れ姿を見せてあげたいと張り切っていた。

式には、私が着た着物で出席した。

「着物も喜んでいるよ」

母がうれしそうに、笑顔で孫の成長を喜んでいる。綺麗に着飾った結衣は、おじいちゃんと記念撮影。阿武隈川に架かる赤い橋の上、乙字ヶ滝を背景に撮った。二人とも飛び切りの笑顔だった。


数日後、私はボスにメールを送った。

「ボスは、どうして警察官になったの？」

「この世を花にしたかったからだよ」

「そうか……うちのお花は成人式だったの。写メール送るね」

「カワイイな。俺たちも年取るわけだ」

「そうね、頑張らないとね」

「頑張ってるよ。おまえは」

子供たちは成人式以来、郷里に行くことはなかった。

そして、今、変わり過ぎた時代の中で、もう一人の私も頑張っている。〝私〟のおかげで、人前で歌も歌える私。恥ずかしさを忘れたかのように。

湯川さん、佐野さん、奈央ちゃんたちに囲まれ、青春時代を歩んでいた頃を懐かしく思う。浜松町にあった印刷会社も今はもうない。でも、私にとれば、ここは第二の故郷である。だから、たまに近くの公園に行き、静寂な時間の中で、暫し心を落ち着かせる。すると、自然に前を向ける。宅配便のお兄さんへの手紙が、文を書くことの楽しさを与えてくれていた。

そして、もう一人の私、八木沢美樹が動く。母の心の傷を癒やすために……


（了）

あとがき

生まれた瞬間にして、親不孝。向き合って頑張ったところで、女の子。

どこにでもある、たいしたことではないと自分に言い聞かす。

私が芽を出すと、踏み付けて隠す。踏み付け隠す。（出る杭は打たれる）

けれど、私は一粒の麦のように、雑草のように踏まれて強くなっていった。

静かにしていることで、みんな平和。

でも今は、そんな時代ではない。

都会、田舎と差別するわけではないけれど。東京の人は冷たいと、嫌というほど聞かされてきた。どこを見てそう伝わるのかと、疑問視する。

東京の人は、多数決にしない。一人一人の言葉を聞き、それをまとめる。

「えっ、私の意見も聞いてくれるの」

笑わずに、受け取ってくれる。

初めてだった。衝撃を受けた。自信が生まれ、みんなに歩み寄る私がいた。人間好きになった。

さすが、大都会を創り上げる力。

その大都会の巨大なビルの間を歩く。

自分の居場所をあちらこちらで見つけ、逃げ道を探す。（発見する喜び）

歩く歩く。疲れたら、地下鉄、バス、ＪＲにでも乗ればいい。多くの人が歩いている東京。

男の子でなかった私に、駄目な私に、存在を、息吹を与えてくれる都会。

（大丈夫だよ、一緒に頑張ろうよ）

為せば成る。駄目なものは駄目ではない。

迷える人たちに贈りたい。人生は、みんなの支援の賜物《たまもの》。いつも誰かが、側にいてくれた。みんなと生きてきた私が、今ここにいる。感謝しかない。

この本が世に出るように運ぶ力、勇気を与えていただいたことに、お礼を申し上げます。

二〇一八年　一月

著者プロフィール
八木沢 美樹（やぎさわ みき）
1959年生まれ。福島県出身。
東京都在住。

逃げ道がいっぱいあるから

2018年 9 月15日　初版第 1 刷発行

著　者　八木沢 美樹
発行者　瓜谷 綱延
発行所　株式会社文芸社
〒160-0022　東京都新宿区新宿1－10－1
電話　03-5369-3060（代表）
03-5369-2299（販売）

印刷所　株式会社平河工業社

ISBN978-4-286-19760-9